ULTIMA MASCHERA

Leilac Leamas

© 2025 OCTÁVIO VIANA | SILENT PEN ®
ULTIMA MASCHERA

Pubblicato negli USA e UE
Prima stampa 2025 (1ª Edizione)
Riferimento Interno SP2025.02 | 28.04.2025 | 22:41
silentpenltd@gmail.com

Ai Don Pablo di questo mondo
a quelli che rifiutano di piegare la schiena,
anche con il coltello nel ventre.

Alle Francesche
che mordono il sangue e sputanofuoco,
anche se le tremano i polsi.

Alle Mariangele
che si spezzano dentro e tornano per volontà,
perché solo lì abita la libertà dell'amore.

Prologo

Ha piovuto tutta la notte. Non una pioggia decente, frontale, ma una specie di respiro umido che si infiltra dalle fessure della veranda e mi irrita le ossa. La pietra ancora gocciola. E io, senza sonno, senza rimorso, solo con quella inquietudine mansueta di chi non sa se è sopravvissuto alla notte o semplicemente non è morto abbastanza.

Ieri, a tavola, il silenzio era più denso del vino. Francesca ha parlato poco. I suoi occhi, sempre un po' annebbiati, scrutavano qualcosa in me come se cercassero una falla, un tremore, o una risposta che non ho mai promesso di dare. Mi ha detto che sarebbe tornata oggi. O forse non ha detto nulla. Non distinguo più ciò che si dice da ciò che si desidera fosse stato detto.

Mariangela non si è fatta vedere. Neanche un messaggio. Neanche un'assenza esplicita. Solo il suo vuoto — quello sa sempre arrivare, puntuale, quasi elegante. La sua assenza ha un odore. Un profumo secco, con note di ironia e basilico — una scia che mi riporta a ciò che non ho mai saputo essere.

Sono uscito prima della luce. Ho preso il cappotto marrone, quello delle notti fredde a Ferrara, quello che lei una volta mi ha strappato nel corridoio di un hotel senza nome. Faceva caldo, ma ne avevo bisogno. Era come se il tessuto sapesse cose che la pelle ha già dimenticato.

Mi sono seduto sulla roccia dove il mare batte storto, in fondo alla vecchia scalinata. Ho sentito i gabbiani mentire al cielo e il sale sulle caviglie, come chi prende calci da un'infanzia persa tra aeroporti. Avevo il foglio in tasca. La lettera che ho scritto per lei e non ho avuto il coraggio di spedire. Stupida. Bella. Cruda.

"Se verrai, ho vino e il mio silenzio intero. Se non verrai,
che il vino mi zittisca. Francesca ha la notte, tu hai il dubbio. Scegli. O lasciami cadere."

Ho lanciato il foglio in mare dentro una bottiglia. Un gesto da cartolina illustrata, lo so. Ma ne avevo bisogno. Avevo bisogno di fingere che esistesse ancora destino, corrente... caso. Che qualcosa mi avrebbe riportato di nuovo a me stesso. Poi ho sentito il rumore di una macchina che saliva: un motore vecchio; odore di diesel; e la terra bagnata incollata alle ruote. Non mi sono voltato. Ho imparato che ciò che arriva, arriva sempre quando non aspettiamo più. O quando non importa più.

Oggi lo so: non ci sono più maschere. Restano solo i resti. Il corpo, la memoria e la stanchezza. Il nome Leilac, non mi protegge più. Ormai tutti sanno chi sono. Ho lasciato che lo sapessero, avvocati, giudici, spie, amanti... tutti.

Forse l'ultima maschera è scrivere.

O mentire che so ancora amare.

1

Il Peso dei Mattoni di Don Pablo
Scopello, 18 aprile 2025

I piedi di Don Pablo si trascinavano. Letteralmente. I suoi piedi, che avevano già danzato nelle borse come chi pigia uva per vino vecchio, ora si trascinavano come mattoni pesanti nel fango della Vinagra. Si vedevano i segni nella polvere, come solchi di un bue stanco. A volte, prendeva a calci le galline. Altre volte, cani randagi. Ma era più rabbia verso se stesso che verso le bestie — questo lo sapevo. Perché la sentivo anch'io. La differenza era che lui non la nascondeva più. Io ancora cercavo di mascherarla con frasi corte e lunghe camminate.

Quello che gli aveva bruciato non era solo il denaro. Più di un milione, sì. Ma questo, per Don Pablo, era come perdere un dente d'oro in un fiume: ci si tuffa, si fruga, e si torna su con un altro — o con due. Non era il denaro. Era la merda dell'ingiustizia. La truffa. Aver creduto in qualcuno — uno di quei figli di puttana in abito gessato su misura, capelli impomatati all'indietro con olio di tonno e discorso da imbroglione — ed essere stato tradito fin dalla prima conversazione. È questo che l'ha fottuto. La fiducia come filo spinato intorno al collo ancora gli impediva di ingoiare il risultato — e anche a me.

E io… io non sono riuscita a proteggerlo. Questo mi divora. Perché ci ho provato. Ho girato in tondo. Ho fatto chiamate a orari impropri. Ho giocato secondo le regole, che è come tentare di domare un orso con parole dolci.

Per salvarlo, avrei dovuto saltare la recinzione. Entrare e far saltare tutto da dentro. Toccare dove non dovevo. Infrangere codici e violare firewall umane e giuridiche. Spegnere persone con la stessa freddezza con cui si spengono le macchine. Sacrificare l'ultimo filo di legalità che mi restava.

Ma ho esitato. E in quell'esitazione, lui è bruciato.

Non l'ho fatto. E ora mi chiedo se ho fallito per prudenza o per codardia.

Mariangela non si è fatta vedere. Non ha aiutato. Nessun messaggio, nessun rumore nella notte. Sono rimasta col vino versato, la candela accesa e la faccia di chi aspetta un miracolo in una bettola abbandonata. La sua assenza si è incollata a ciò che già portavo di Don Pablo e insieme hanno formato una pasta densa, agrodolce, che mi ha tappato lo stomaco.

Mi ha salvato essere a Scopello.

Perché qui, anche il fallimento ha suono di mare.

E questo, in qualche modo, mi ricorda ancora che sono viva.

Il telefono ha squillato con quel suono secco, retrò, quasi insultante, che mi coglie sempre a metà di un pensiero. In quei due secondi prima di vedere il nome sul display, ho sperato fosse lei, Mariangela. Non con spiegazioni, di quelle sono già stanca, ma con un gesto semplice, fermo e concreto: "In ritardo. Sono arrivata. Sono a casa, a Scopello. Ho aperto una bottiglia per respirare. Vieni."

Quell'immagine — lei con i capelli sciolti in modo trasandato, la bottiglia sul tavolo di legno massiccio e lo sguardo di chi sa che tornare è più difficile che partire — era la mia unica richiesta non scritta all'universo.

Ma non era lei.

Era Francesca.

Risposi con quel tono mezzo ingoiato, tra la speranza spezzata e la cortesia automatica.

— "Vieni a pranzo. Voglio che conosca una persona," disse lei, senza giri di parole.

Non era un invito. Era una convocazione. Francesca non invita, lei decide. E chi non si presenta, viene letto come rinunciatario.

Non chiesi chi fosse. Ma immaginai. Forse era quel tipo, il siciliano emigrato in America, che era scappato dalle follie di Trump ed era tornato per coltivare pomodori e distribuire sarcasmo nei bar di Palermo. Aveva la faccia, per come ne parlava Francesca, di uno che aveva già superato tre colpi di Stato e due matrimoni andati a puttane.

Certo che sarei andato.

Che altra cazzo potevo fare? Restare lì a rimuginare sull'assenza di Mariangela, a immaginare dialoghi mai esistiti, o a riscrivere la lettera che non ho mai spedito?

Le ferie giudiziarie stavano finendo, sì. Ma per via dell'assurda rete di festività nazionali, il 25 aprile, giorno in cui il Portogallo si mette i garofani sulle spalle e finge di credere ancora nella libertà, mi offriva un piccolo miracolo: ancora qualche giorno di sospensione, ancora un po' di niente prima che il mondo tornasse a giudicarmi.

Respirai a fondo, guardai il mare con quell'aria di chi sa che andrà, ma non si aspetta nulla.

Capivo che il mondo non mi doveva niente. Ma la giustizia, quella, continuava a dovermi qualcosa per Don Pablo.

E io non ho ancora deciso se riscuotere con ricevuta o con polvere da sparo.

Indossai la camicia di lino grigia — quella che Mariangela detestava — e uscii con l'andatura di chi ha già perso più di quanto voglia confessare, e andai.

Perché, a volte, l'unico modo per non affondare è camminare verso il prossimo assurdo.

2

Pranzo con Francesca
Palermo, 18 aprile 2025.

Il giardino si nascondeva dietro un cancello di ferro battuto, contorto come il pensiero alla vigilia di un tradimento. L'ingresso era discreto: un gradino spaccato, due bouganville in guerra col muro e l'odore impossibile del timo bruciato. Là dentro, il tempo aveva i denti. Non divorava, rosicchiava, sputava e leccava gli avanzi. L'Osteria dei Vespri era una bocca vecchia, sofisticata fuori e con gengive da bestia domata dentro. Non parlava, ruminava. Era un posto, civile solo in superficie. Due tavoli occupati. Tre camerieri in modalità spettrale. E una luce di fine aprile che si appoggiava agli oggetti come chi chiede scusa per essere nata bella e vergognosa della propria trasparenza. Era una luce che non voleva essere notata, ma che rivelava tutto, dall'unghia consumata della sedia d'angolo, fino alla macchia di vino che qualcuno aveva provato a dimenticare in un tovagliolo di stoffa piegato con rabbia.

Francesca era già seduta. Gamba accavallata con quella noia performativa che usava sempre quando voleva sembrare assente. La sigaretta spenta tra le dita — solo la cenere ancora viva.

— "Sei in ritardo."

— "Il mondo non finisce all'ora che ti pare," le dissi, sedendomi senza fretta.

Lei non sorrise. Sollevò il mento. Ed è lì che vidi l'uomo.

Tancredi Lo Presti.

Era in piedi, appoggiato alla colonna come se facesse parte della struttura del ristorante. Alto. Ossa affilate, come se il cranio volesse bucare il mondo. Pelle bruciata dal sole e dal dolore. Una giacca di lino beige, stropicciata come le anime che hanno attraversato troppe frontiere. E degli occhi — cazzo, quegli occhi — come se qualcuno avesse lanciato due pietre di lava nel mare e loro avessero imparato a guardare.

— "Questo è Leilac," disse Francesca, senza guardarmi. "L'uomo di cui ti ho parlato."

Tancredi non tese la mano. Fece un cenno quasi impercettibile con la testa, come ad accettare la mia esistenza, ma non la mia presenza.

— "E tu sei quel siciliano che parla coi californiani." — Gli indicai la sedia. — "Siediti. Francesca invita solo mostri o alleati. Non ho ancora deciso cosa sei."

Si sedette. Di lato. Come chi vuole essere pronto ad alzarsi in qualsiasi momento. Il cameriere si avvicinò. Francesca ordinò un Passo del Lupo, Nero d'Avola, senza consultare nessuno. La sua arroganza era la solita, ma adorabile. Lei sceglieva il vino come chi sceglie un campo di battaglia.

— "Francesca mi ha detto abbastanza perché venissi," disse Tancredi, finalmente. La sua voce era grave, ma con una specie di sabbia negli intervalli. "Ma non abbastanza perché mi fidi."

— "Nemmeno io mi fido," risposi. "Ma sono qui."

Silenzio.

Arrivò il vino. Arrivò il pane. Arrivarono gli sguardi. Nessuno toccò nulla.

— "L'algoritmo di X, l'ex Twitter, non risponde più al codice. Ci sono pezzi sparsi, entropie nel sistema. La tua amica qui ha esperienza a infilarsi nei labirinti." — Indicò Francesca col mento. — "E io ho la mappa."

Francesca sollevò il bicchiere. Bevve come chi sigilla un patto. Poi si appoggiò alla sedia, lasciò che il sole le disegnasse il profilo e parlò.

— "Lui ha dei documenti. Parte vengono da Oakland. Il resto è su una cloud oscura usata da anni. Se quello che dice è vero, X viene manipolato dall'interno."

— "Capisco," mormorai.

Tancredi si sporse in avanti. Il viso ora a un palmo dal mio. Sapeva di limone vecchio e polvere da sparo addormentata.

— "Tu vuoi giustizia, soldi e forse una mano per attaccare Ambezzo. Io voglio vendetta. Francesca vuole sopravvivenza. Se uniamo i tre desideri, forse riusciamo a fare un bel casino."

Il cameriere portò l'antipasto — pecorino siciliano, prosciutto e carciofi sott'olio fatti in casa. Il formaggio era duro, come lo sguardo di Tancredi. Francesca tagliò un pezzo e me lo offrì con le dita, non con la forchetta. Rifiutai. Tancredi accettò e le leccò le dita senza chiedere permesso.

C'erano codici in gioco lì. E nessuno era di galateo.

— "Qual è il tuo prezzo?" mi chiese.

— "Il mio prezzo? Io non ho prezzo."

Lui sorrise. O quasi. Un sorriso coi denti ancora chiusi, come chi non apre i cancelli prima di sentire il tuono.

— "Tutti hanno un prezzo."

Bevve. Poi si pulì la bocca col tovagliolo di stoffa come chi cancella una risposta.

Francesca non reagì. Nemmeno un sopracciglio. Niente. Solo cambiò posizione, accavallando le gambe al contrario.

— "Il mio è non avere nessuno che comanda su di me. Solo questo," risposi, senza troppe spiegazioni.

Tancredi si morse un angolo del labbro. Non stava cercando di intimidire. Stava misurando.

— "Io non voglio comandarti."

— "Ottimo. Parla chiaro."

— "Voglio che mi aiuti a distruggere X. Nient'altro."

— "Dimmi come."

Lui prese il tovagliolo, si pulì la bocca. Poi parlò con una freddezza studiata.

— "Ho accesso a documenti interni. E-mail aziendali, log di moderazione, script che non sarebbero mai dovuti essere usati, un sacco di roba. Vengono da dentro. Da un ex dipendente a Oakland."

— "Li hai tu?"

— "Sono su una cloud privata. Crittografata. Ti do l'accesso. Solo lettura."

— "Mi fido delle cloud quanto dei ministri delle finanze."

— "Non voglio che ti fidi. Voglio che leggi. Capirai subito cosa hai tra le mani."

La Francesca posò il bicchiere. Non era lì per abbellire niente.

— "Il materiale è solido. Non è spazzatura complottista. È tecnico. Ed è organizzato. Collegamenti diretti a moderatori pagati, manipolazione dei trend, interferenze nell'UE. Soprattutto in campagne ambientali."

— "Prove?"

— "Sì. Nomi, date, pagamenti. Alcuni in criptovalute. Tutto lì."

— "Cosa vuoi da me, esattamente?"

— "Voglio che usi quello che hai. Hai accesso a team legali. A fondazioni, associazioni, hai buoni rapporti con la dottrina, conosci giudici, soprattutto in Spagna. Hai contatti in Belgio. Mi serve che tu metta in piedi class actions, influenzi eurodeputati ed esponga tutto questo come scandalo."

— "Conti sul Tribunale di Giustizia dell'Unione Europea per giudicare una piattaforma?"

— "Conto sulla pressione. Politici impauriti, giornalisti affamati e regolatori che non vogliono sembrare inutili."

— "E pensi che basti per buttare giù X?"

— "No. Ma basta per indebolirli. Per costringerli a vendere asset. Per farli correre dietro alle perdite. Per fargli prendere una multa milionaria dalla Commissione Europea."

— "E poi?"

— "Poi tocca a te."

Restammo in silenzio. La Francesca guardava il piatto come se tutto fosse normale.

— "Sai che se faccio questo, sono dentro fino alla fine."

— "È quello che mi aspetto."

— "E il tuo ruolo?"

— "Ottenere dati. Incrociare fonti. Passarti tutto. Sparire alla fine."

— "E tu, Francesca?"

Lei mi guardò senza esitare.

— "Mi assicuro che non ci seppelliscano vivi nel processo."

— "Voi due vi fidate l'uno dell'altro?"

— "No," disse lei.

— "No," disse lui.

Respirai a fondo. Sapevo cos'era quella cosa. Sapevo cosa mi avrebbero chiesto dopo.

— "Devo vedere i documenti. Devo parlare con i miei. Mi servono garanzie che quello che sto per fare non sia un salto nel buio."

— "Li riceverai oggi. Alle 20. Link temporaneo. Tre ore per vedere tutto. Poi sparisce."

— "E se è una trappola?"

— "Allora è una trappola fatta davvero bene."

— "E tu cosa ci guadagni, Tancredi?"

— "Niente che si possa comprare."

— "Qualcuno ti paga?"

— "No."

— "Per chi lavori?"

— "Per qualcuno. Qualcuno che vuole vedere X sanguinare."

Mi alzai. Lasciai cento euro sul tavolo.

— "Se quello che dici è vero, domani comincio."

— "E se non lo è?"

— "Non sentirai mai più parlare di me."

Uscii senza guardare indietro.

La luce di Palermo batteva sui muri a ricordarmi che era ancora giorno. Il mondo era marcio. Ma almeno c'era ancora modo di aprire le ferite giuste.

Uscii e il sole mi colpì come una sentenza breve.

Palermo odorava di… Palermo, con quel suo odore unico di pietra calcarea e frutta marcia. Palermo è sempre più onesta nei giorni brutti e puzzolenti. La bellezza lì aveva polvere negli angoli e questo mi consolava.

Le strade vibravano del rumore delle auto vecchie, delle voci dei vecchi ancora più vecchi e della fretta di chi non ha mai avuto tempo per essere giovane. Camminavo senza pensare alla strada. Il corpo andava, il resto no.

Attraversai la strada, non con la fretta di chi vuole arrivare da nessuna parte, ma perché non volevo restare lì.

Pensai a Mariangela. Di nuovo. È una piaga. Non si fa vedere. Non avvisa. Non dice un cazzo. Si dissolve soltanto, piano, come una pastiglia nell'acqua, lasciando un sapore amaro e bolle sul fondo del petto.

Presi il telefono. Niente.

Messaggi? Nessuno.

Ho chiamato? No.

Non ho mai chiamato chi mi lascia a parlare da solo. È una regola semplice. Forse stupida.

Sentii passi dietro di me.

Francesca correva. I tacchi battevano sul selciato come se fosse guerra.

— "Leilac."

Mi fermai. Non mi voltai subito. Aspettai che si appoggiasse a me col corpo, non con le parole.

— "Ho bisogno che tu ci pensi," disse, ansimando.

— "Ci sto già pensando."

— "Non come operatore. Come uomo."

— "Non so se sono ancora quello. Cosa vuoi?"

— "Voglio questo. Questo progetto. Tutta questa merda."

— "Perché?"

Mi afferrò il braccio. Stringeva. Le unghie erano corte. C'era rabbia lì.

— "Perché sto morendo dentro. E tu sai cosa vuol dire."

— "Vai a Roma. Chiedi il reintegro alla DIA. Ti riprendono. Me l'hai scritto tu stessa."

— "Non voglio. Roma è marcia. E io ho già dato tutto quello che avevo. Voglio lavorare come te. Con la mia gente. Senza uniforme. Senza dossiers ufficiali."

— "E pensi che questo sia diverso?"

— "No. Ma almeno scelgo io. Almeno sono viva. Capisci? Ho bisogno di essere viva. Ho bisogno di svegliarmi e dover decidere se mento o no. Se aiuto o fotto qualcuno. Mi serve. Ho bisogno di sporcarmi di nuovo le mani."

Restammo in silenzio. Il traffico faceva rumore in sordina, come se rispettasse quella specie di disperazione che aveva addosso.

— "E se va male?"

— "Se va male, almeno brucio dentro anch'io. Non riesco più a guardare la vita da fuori. Non voglio tornare spettatrice agli ordini di altri, di uno Stato, di capi burocratici. Voglio muovere, voglio spingere, voglio strappare."

Mi guardò. Stavolta, senza scudo. Gli occhi erano bagnati, ma asciutti dentro. Era sfinimento, non tristezza.

— "Ci credi davvero che si possa abbattere X? Che si possa ferire la Ambezzo?"

— "Non lo so. Ma si può fare danno."

— "Bene! La verità è che mentre faccio questo, smetto di pensare."

— "A Mariangela?"

— "Non dire il suo nome."

Lei annuì. Sapeva.

Respirai piano. Un'auto suonò il clacson. I piccioni si alzarono in volo. Palermo, come sempre, ci ignorava.

— "Sai cosa mi pesa di più?"

Non rispose.

— "Queste piccole vacanze. Avere tempo libero. Avere troppo tempo. Avere spazio nella testa. Quando la mente si ferma, comincia a montare scene. A ripetere conversazioni. A immaginare cosa poteva essere. E questo uccide più di qualsiasi operazione fallita."

— "È per questo che ti voglio con me in questa cosa," disse lei. "Perché so che ne hai bisogno quanto me."

— "Non so se voglio lavorare con te."

— "Non ti sto chiedendo di metterci insieme."

— "E se volessi solo usare questa cosa per dimenticarla?"

— "Allora usala. Purché tu consegni. Purché tu faccia quello che sai fare."

— "Ma forse userò anche te, come ho già fatto in passato."

— "Forse. Sarà un uso consapevole, cosciente e reciproco. Anche io userò te."

Lo disse e rimase lì, davanti a me. Non chiedeva amore. Né amicizia. Né promesse. Solo un posto dove poter tornare pericolosa.

— "Va bene," mormorai. "Ma a modo mio."

— "È sempre stato così."

Mi voltai. Cominciai a camminare. Lei non mi seguì.

La verità è questa: quando perdi qualcuno, non è la perdita che fa male. È il tempo libero. Lo spazio che resta. I minuti senza destino. La testa senza compito. Ecco perché i vivi hanno bisogno di missioni. Non per gloria. Per sopravvivere.

E io… io ne avevo appena accettata un'altra.

L'Alfa Romeo era parcheggiata all'ombra, appoggiata a un muro scrostato, con la vernice grigio argento che rifletteva il mondo senza clamore. La chiave era nella tasca dei pantaloni. La presi come si prende una pistola.

Entrai. Il sedile mi conosceva. L'odore di pelle e di strada calda era ancora lì, mescolato al profumo che lei usava quando rideva senza paura. O forse non odorava di nulla e il cervello se lo inventava. Il cervello fa queste cose.

Chiusi la porta. Misi in moto. Non toccai l'acceleratore.

Rimasi lì, immobile.

Il rumore del mondo era fuori. Dentro l'auto, solo la decisione di non tornare indietro.

Partii.

La città non mi disse nulla, né addio; rimase dov'era. E io ormai non avevo più niente da dirle.

E io andai dove dovevo andare — alla casa di Scopello.

Forse lei era lì. Forse era entrata senza dire niente, senza lasciare traccia. Come aveva sempre fatto: apparire senza annunciarsi, occupare uno spazio come se non l'avesse mai lasciato.

Sapevo che era poco probabile.

Ma ci sono cose che si fanno anche quando si sa che no.

3

La Casa Sicura È Vuota
Scopello, 18 aprile 2025

E ntrai senza bussare. Non per dimenticanza delle buone maniere, ma perché la casa è mia. Nostra. E l'ho sempre lasciata così: attraversabile, come se le porte esistessero solo per fermare la polvere e non le persone. Nessun segno di lei. Nessun rumore dalla doccia, nessun cappotto sulla sedia… niente. Ma c'era presenza.

Il profumo di Mariangela non era diffuso. Era lì, intero, conficcato nelle tende. Uno di quei profumi che non si comprano, perché nasce dalla pelle, dai vestiti e dalla vita mescolata al mare. Il tipo di odore che non si confonde con i ricordi, perché è chimico e testardo. Era lì. Ma lei no.

Andai in cucina. Aprii un cassetto. Quello di sempre. Quello della tovaglia verde. Era lì, arrotolata, con la piega ancora segnata dall'ultima cena. Il frigorifero, vuoto. Il solito bicchiere, lavato ma fuori posto. Il coltello del pane con una briciola secca sul manico. Segni di vita. O di visita. O di memoria che ancora si muove.

Salii in camera piano. Il letto era rifatto, ma con una piega irregolare sul lato sinistro. Come se qualcuno si fosse seduto lì, senza fretta. La finestra socchiusa lasciava entrare il suono del mare e un vento che non chiedeva permesso. Il "Trionfo di un Volto" era ancora sopra il comò, proprio come lei aveva scelto. Il quadro con le carte scomposte e quello sguardo di donna che mi conquistò a Parigi quando ancora credevamo che l'amore potesse essere un gioco. Fu lì, in quel quadro, in quella galleria, che tutto ricominciò. Ed è per questo che lo comprai. Perché non mi lasciava dimenticare che, a volte, il gioco più sporco è l'unico onesto.

Sul tavolino accanto, una lettera.

Era la mia. Quella che avevo scritto a Chiclana. Nessuna busta. Piegata in tre, con la piega inferiore più profonda. La presi. Lessi me stesso come si legge uno sconosciuto che sente troppo. Ne tirai fuori dei pezzi:

"Nessuno vuole fiori. Tutti vogliono vino, pane e un libro."

Sì. Ed era quello che ancora avevo. Pane secco, vino da aprire e libri con annotazioni che solo io capivo. La solitudine educa. Insegna a distinguere ciò che è essenziale da ciò che è decorativo.

"L'amore jure et jure. Si presume. Non si prova."

La frase era buona. La giurisprudenza dell'amore. Il sentimento con valore legale assoluto, anche se nessuno firma. Aveva senso. Continuava ad averne.

"La vita è un insieme di tavoli con briciole e macchie di vino."

Avevo scritto questo e lo sentivo ancora. C'è qualcosa nella sporcizia onesta di un tavolo in disordine che ci lega alla verità. Non c'è menzogna in un tovagliolo stropicciato.

Richiusi la lettera. La misi nella tasca interna della giacca. Avevo bisogno di rileggerla più tardi. Quando farà meno male. O quando farà abbastanza male.

Scesi.

La casa sicura era vuota. Ma il vuoto non era totale. Era un vuoto abitato. Come se qualcuno fosse stato lì a cercare qualcosa che nemmeno io sapevo nominare.

E forse era proprio questo. Qualcuno è venuto a cercare senso. E ha trovato solo tracce.

Come me.

Chiamai Toscin dal balcone, con il mare di sottofondo e il segnale che saltava a intermittenza. Lei rispose al secondo squillo.

— "Sì?"

— "Le ferie giudiziarie sono finite. Destinazione: California."

Una pausa breve. Né sorpresa, né entusiasmo. Solo calcolo.

— "Presumo non sia un cambiamento strategico improvviso, ma una fuga controllata."

— "Presumi bene. I dettagli seguono dopo. Hai aggiornato gli accessi al canale B?"

— "Sì. Da lunedì. Francesca ti ha chiamato?"

— "Sì."

Un'altra pausa.

— "Il tono della tua voce ha perso armonia. Non c'è umorismo. Succede solo quando c'entra Mariangela."

— "Non è solo lei."

— "Ma è soprattutto lei."

Rimasi a guardare il mare. L'Alfa era ancora laggiù, con i vetri chiusi e una macchia di polvere che iniziava a formare un disegno.

— "È tutto. Don Pablo, Mariangela, Francesca… e un'altra cosa qualsiasi, irrilevante. Una specie di inquietudine senza nome."

Toscin non rispose subito. Il suo tempo non era mai sprecato. Era investito.

— "Se hai bisogno di silenzio, non andare. La California non perdona il rumore interiore."

— "Non ho bisogno di silenzio. Ho bisogno di fare qualcosa. Anche se inutile."

— "Ti mando i documenti tra qualche minuto. Controlla i server ridondanti. Ci sono stati movimenti."

— "E tu? Dove sei?"

— "Nel posto dove nessuno sa dove sono."

— "Germania?"

— "Possibile. Spagna, forse. Nessuna delle due è un problema. Finché non mi chiedono il passaporto."

Sorrisi per la prima volta in due giorni. Lei lo capì.

— "Domani, a mezzogiorno, hai il biglietto sul canale. Nome falso. Di solito preferisci italiani. Stavolta ho usato uno svizzero. Ha meno polvere."

— "Va bene. Ma voglio sapere chi c'è dietro tutto questo. Chi ha spinto i dati verso Oakland."

— "Devo controllare. Mandami quello che hai da indagare."

— "Grazie."

— "Di niente."

La linea iniziò a cadere. Il segnale a Scopello era una metafora.

— "Toscin."

— "Sì?"

— "Se va tutto a puttane, non voglio essere salvato."

— "Non sei in pericolo di morte."

— "Non parlavo di quello."

Lei chiuse la chiamata senza cerimonie. Non era freddezza. Era metodo.

Rimasi lì. Il mare che si muoveva in battiti che solo lui capiva. La casa alle mie spalle. E il giorno dopo che si preparava, come sempre, senza chiedermi nulla.

4

Il Siciliano e l'Archivio di Oakland
Palermo, 3 maggio 2025

Tancredi comparve senza avviso. Non bussò, non mandò messaggi. Si limitò a sedersi davanti a me, al tavolino del Caffè Mazzara, in Via Generale Magliocco. Era lì che Lampedusa beveva, prima di chiudersi in casa a scrivere "Il Gattopardo". Ora, era solo un posto con dolci troppo buoni per chi è in lutto e tavoli troppo piccoli per chi porta documenti segreti nella giacca. Aveva una cartella nera, un taglio di capelli nuovo e quell'aria a metà tra il diplomatico e il criminale che non sono mai riuscito a decifrare.

"Hai cinque minuti?" chiese, mentre tirava fuori dei fogli dalla cartella. "O preferisci continuare a contemplare la decadenza di questa città?"

"Cinque minuti è quello che di solito concedo a preti e trafficanti. Tu non hai ancora deciso cosa sei."

Lui sorrise senza umorismo. Posò i documenti sul tavolo, stretti da un elastico grigio sporco.

"Ecco il teaser. Niente che comprometta la fonte, ma abbastanza per farti capire la gravità. Frammenti di codice, estratti di e-mail e una mappa rudimentale di distribuzione automatica dei contenuti."

Scorrii i fogli con lo sguardo. Alcune espressioni in inglese mischiate a istruzioni in russo tradotto male. Riferimenti a target clusters, engagement loops, latency drift. Codice grezzo. Reale. Non era finzione.

"E le e-mail?"

"Comunicazione interna. Supervisori della moderazione che discutono omissioni programmate. Una proposta per filtrare hashtag in lingue minoritarie. Un dibattito sull'algoritmo di 'escalation emotiva'. Hai data, ora e mittente parziale."

Girai uno dei fogli. Era strappato nell'angolo in basso. Qualcuno aveva tolto un nome.

"Chi ti ha passato questo?"

Tancredi non esitò. Ma non rispose nemmeno.

"Un contatto a San Francisco. Collegato alla Casa Bianca."

"Collegato come?"

"Collegato come si collega un apparecchio a una presa. Non fare domande di cui sai già che non avrai risposta."

Restammo in silenzio. Ordinai un caffè ristretto. Lui stava già bevendo un Campari con ghiaccio, a quell'ora assurda del giorno.

"Stai preparando una trappola?" chiesi.

"No. Sto aprendo una porta. Decidi tu se vuoi entrare."

"E la California?"

Tancredi guardò intorno, come se l'aria stesse per cambiare composizione.

"Annullata. Per ora. Troppo rumore. Qualcuno ha iniziato a chiedere di te prima del tempo."

"Chi?"

"Qualcuno che non ha un nome proprio."

Mi alzai.

"Ho bisogno di pensare."

"Quello che ti serve è accettare che la verità è l'arma più pericolosa che abbiamo."

Uscii senza rispondere.

Tornato alla casa sicura, chiamai Francesca. Rispose subito.

"Allora?"

"Tancredi è venuto con dei frammenti. Codice, e-mail. Un contatto a San Francisco con legami nebulosi. E il viaggio è annullato."

"Annullato da lui?"

"Per sicurezza. O per convenienza. Non lo so ancora."

"Stai sospettando di tutto."

"Ovviamente. È il minimo."

"E adesso?"

"Ora aspetto. E preparo ciò che posso."

Rimase in silenzio. Poi parlò con una voce che sembrava meno sua e più quella del ricordo che conservavo di lei.

"Hai paura, Leilac?"

"Ho lucidità. La paura è per i distratti."

Riattaccai. Chiamai Toscin.

"Cambio di piani. La California è fuori."

"Prevedibile. L'avevi già rimandata tre volte da quando ne abbiamo parlato a metà aprile."

"Tancredi mi ha consegnato i dati. Parziali, ma concreti. Includevano documenti interni di X e Tesla. Prove di manipolazione dei dati, rapporti su campagne di disinformazione e strategie di lobby aggressivo presso eurodeputati e commissari."

"Hai analizzato?"

"Superficialmente. Ma sembra reale. Algoritmi di dissimulazione. Cluster di manipolazione emotiva. Tutto collegato a X."

"Questo richiede un nuovo protocollo. Vuoi che attivi il canale incrociato con i belgi?"

"Non ancora. Voglio capire meglio."

"Ti senti alla deriva."

"Sì."

"Allora torna al centro. Chiediti: se un agente mente sempre, come fa a sapere cos'è reale?"

Respirai a fondo. Il mare di Scopello era grigio.

"Forse non lo sa. Forse la menzogna è una forma di sopravvivenza."

"O forse la verità è l'arma più precisa che ti resta."

Riattaccammo. Nessuno dei due si salutò. In quel mondo, gli addii esistono solo quando si muore davvero.

Rimasi solo. I frammenti erano sul tavolo. Il quadro sulla parete continuava a guardarmi con quell'espressione tra lo scandalo e la tenerezza. E capivo che non c'era più tempo per contemplare. La guerra era in corso. E io, ancora una volta, ero solo il tipo che sa dove far male senza lasciare ferite visibili.

Ma stavolta, forse, non volevo uscirne illeso.

Non sapevo nulla di Mariangela. Non avevo ricevuto da lei nessuna lettera, nessun biglietto e nemmeno un messaggio scritto male. Era un silenzio assoluto, secco, di quelli che solo lei sapeva far durare.

Francesca, per via della missione, aveva passato le ultime due settimane tra Palermo e la casa sicura di Scopello. Era arrivata a dormire lì una o due volte. Una mattina, mi imbattei in lei. Aveva appena fatto la doccia. Era di spalle, al frigorifero, a prendere una bottiglia d'acqua gelata. Aveva ancora l'asciugamano bianco avvolto al corpo, bagnato, incollato alla pelle. I capelli gocciolanti, le spalle fredde.

Rimanemmo così qualche secondo. Lei guardò oltre la spalla e disse solo: "Buongiorno." Poi uscì dalla cucina con la bottiglia in mano. Nient'altro.

Ma in quell'immagine c'era qualcosa di diverso. Come se avessimo passato la notte insieme. Non era successo. Ma il mio corpo ci aveva creduto. E per un secondo, avrei voluto che al posto di Francesca ci fosse stata Mariangela. Per strapparle via l'asciugamano. Per schiacciarla lì. Per fare l'amore contro i mobili della cucina. Per smettere di pensare.

E poi sono tornato in me.

Perché l'amore a volte è anche uno specchio. E altri corpi sono solo riflesso storto di chi ci manca.

5

La Morte di un Amico Non Ha Fondo
Palermo, 18 maggio 2025

Il Don Pablo era sparito. Questo era il messaggio cifrato, arrivato tramite un canale che doveva essere inattivo dal 2022. Tre parole: "Sosta forzata confermata". Non era un codice ufficiale, ma era un nostro linguaggio. Sapevo cosa significava. O qualcuno aveva chiuso il gioco, o il gioco si era chiuso da solo.

Quella notte, rimasi due ore a fissare il quadro sulla parete. "The Mystery of Diamond Head", di Salvador Dalí, sembrava fissarmi a sua volta. Quella macchia tra carne, fiore ed esplosione mi ricordava tutto ciò che non capisco. E c'erano figure sullo sfondo, incompiute, come se fossero state strappate da una storia che non mi hanno mai lasciato leggere fino in fondo. Come Don Pablo.

Non dormii. Né a Porto, né dopo, quando volai a Palermo senza avvisare. Arrivai alla casa sicura di Scopello con il vento che spingeva le porte come se volesse dirmi qualcosa. Francesca non c'era. Don Pablo non rispondeva. Tancredi era sparito da una settimana. E Mariangela... continuava senza segni, senza lettere, senza un cazzo. Nessuna traccia, nessun messaggio, nemmeno assenze giustificate. Solo silenzio, il suo, il più aggressivo di tutti. Rimasi solo con i fantasmi, la memoria e il vuoto insopportabile di tutte le merde che lei lasciava in sospeso.

Per giorni, nessuno confermò nulla. Né suicidio, né fuga, né operazione. Silenzio assoluto. Allora iniziai a cercare.

Cominciai dagli accessi. Nelle banche dati che ancora teniamo per convenienza, trovai un file criptato con la sigla XR31/DP. Provai cinque vecchie password, nessuna funzionò. Dovetti chiamare Toscin.

— "Stai trafficando con XR31?"

— "Sì. Devo aprirlo. Il nome punta a Don Pablo. Ma la struttura non è sua."

— "Ovvio. Il file non è originale, è specchiato. Hanno preso un file esterno e ci hanno appiccicato una sigla interna per tenere lontani i curiosi."

— "E come passo questa cifratura?"

— "Controlla l'header. Guarda l'IV. Stanno usando una derivazione basata su tag di sessione. Mandami l'hex."

Ho copiato e inviato tramite la comunicazione sicura di Signal. In meno di un minuto, lei stava facendo reverse engineering come se stesse tagliando cipolle.

— "Ecco. Questo è uno spin-off di una vecchia framework della Tesla. Lo usavano per occultare logs di audit etico."

—"Tesla?"

— "Sì. E c'è un'altra cosa. Il file è stato generato da un endpoint europeo. Si trova a Bruxelles. Ed è stato scaricato due volte negli ultimi quattro giorni. L'IP finale punta a una VPN usata dal Tancredi."

— "Riesci a estrarre la chiave?"

— "No. Ma posso ridurre lo spazio d'attacco. Usa Kali. Lancia un attacco con hash precaricato. Sei all'80% della chiave. Il resto sta nello standard leak degli audit interni."

— "Mi stai suggerendo il brute force?"

— "No. Sto suggerendo logica. Unisci al nome dell'operazione del file che ti aveva dato il Tancredi. La tua memoria dovrebbe arrivarci."

Chiusi gli occhi. C'era una cartella. Un nome. Una falla.

Digitai: "DX421_AuditFall2022"

Il file si aprì.

Dentro, tre immagini. Un estratto di moderazione. Una corrispondenza con timestamps sovrapposti. Un riflesso in un vetro di un caffè turco — e il Don Pablo sullo sfondo. Ma ciò che mi bloccò fu l'intestazione di una delle e-mail. Era troncata, ma si leggeva:

"From: L0PR357@... Short Tesla, Ambezzo"

Sospirai.

— "Ci sono riuscito," le dissi.

— "Bene. Ora vedi quanto vale. E preparati. Se qualcuno ha usato il nome del Don Pablo come copertura, questa non è una condivisione. È una trappola."

Lei chiuse la chiamata.

Rimasi a fissare lo schermo. I dati lampeggiavano con la calma di chi già sa che verrà letto. E io, senza sapere da dove cominciare, già sapevo dove sarei finito.

Cominciai a pensare. Piano. Senza fretta. La morte di un amico non ha fondo. Continua a cadere dentro di noi, senza rumore.

"Cosa porta un uomo a essere eliminato? Una verità scomoda? Un tradimento?"

Il file non aveva nulla da spia. Niente codici nascosti né mappe segrete. Nessun piano per avvelenare ministri né incontri a Ginevra con nomi falsi e cartelle che odorano di cuoio.

Quello che c'era... era ancora più strano.

Lì stavano, nero su bianco, registri di ordini di vendita allo scoperto. Shorts su azioni Tesla. Date: dal Natale 2024. Prima a 460 dollari. Poi, rinforzi intorno ai 390. E una lunga sequenza di ordini tra i 275 e i 230. Gli ultimi risalivano a marzo. La quotazione era già scesa sotto i 220 e più recentemente aveva bucato i 225, un supporto tecnico importante, come se fosse carta bagnata. C'era anche un grafico, con una linea di supporto che indicava come prossimo porto nella caduta della Tesla i 160 dollari.

Il Don Pablo stava shortando la Tesla.

E pesantemente.

Ma il Don Pablo... non era quel tipo. Non era da cospirazioni. Era un analista tecnico. Non faceva analisi fondamentale né leggeva i quaderni della SEC prima di dormire. Era intuitivo, pratico, più vicino a un giocatore d'istinto che a uno stratega coinvolto in uno schema di spionaggio aziendale.

Non seguiva gli earnings. Né sapeva a memoria le date degli split né delle consegne trimestrali. Quello che faceva, e bene, era analisi tecnica e trading algoritmico:

— "Questa della Tesla sta bruciando dentro. Ha rotto il supporto a 225 con il volume che esplode. L'RSI è in chiara divergenza. La media mobile dei 50 giorni ha già incrociato sotto quella dei 200 — death cross confermato. Le candles stanno chiudendo fuori dalla banda inferiore di Bollinger e il volume conferma la discesa. Neanche un dead cat bounce a mascherare. Ho il sistema che suona e gli algoritmi carichi di combo orders in attesa dell'ultimo trigger."

Usava un terminale tutto suo. Un portatile vecchio con Ubuntu e scripts scritti dal suo amico indiano programmatore. Lo chiamava "La Bestia". Solo lui lo capiva. Ma funzionava. I segnali arrivavano via e-mail cifrata. Entrate, uscite, stop losses, trailing stops, inversioni. Tutto pulito. Tutto tecnico.

Perfino gli alert del Pablo erano poesia disfunzionale:

"ALLERTA: TSLA – Bearish engulfing confermato. Entrata a 231.47. Target primario: 190. Pullback possibile a 212. Regola SL.

Condizionale attiva: MACD incrociato. Stocastico saturo. VIX in rialzo.

Commento personale: È marcia. Se sale, è solo respiro."

Niente inside info. Niente leaks. Niente cospirazione.

E proprio per questo... quelle operazioni lì, così ben costruite, così meticolose, così coerenti, destavano sospetto. Perché sì, lui faceva short. Ma lo faceva con diffidenza. Con cautela. Un occhio al grafico e l'altro al conto margine.

Questa invece era diversa. Era un'operazione grossa. Fredda. Quasi istituzionale. E anche se lo stile poteva essere il suo, il volume no. Né il momento.

Aveva senso, ma allo stesso tempo non aveva alcun senso. Da quella discussione accesa in Danimarca sulla Tesla, lui non voleva nemmeno guardare il prezzo — me lo confessò in una di quelle nostre conversazioni sulle follie di Trump e del suo amico Musk.

Quello era un attacco.

E il bersaglio era lui.

O peggio: io.

Perché il Don Pablo era mio. Uno dei pochi che ancora mi parlava come se fossi solo il vero nome dietro Leilac e non una versione ambulante di un procedimento giudiziario pendente. Era lo Zio Paolo del Micas, che scrivevo come Malaquias Sementes per espiare i miei demoni e satirizzare ciò che non potevo dire a voce alta. Era l'amico che leggeva tra le righe e non mi chiedeva nulla — lasciava solo un bicchiere di vino sul tavolo e diceva: "quando vuoi, parla... o non parlare."

E ora... stavano usando il suo nome in un'operazione contro la Tesla. Un'operazione che poteva essere interpretata — facilmente — come parte di un'offensiva organizzata. Contro l'impero Musk. Contro la Ambezzo. Contro tutto ciò che già stavo cercando di smontare.

Era una trappola. O una distrazione.

E, come sempre, io ero quello in mezzo alla sparatoria senza giubbotto.

C'era solo una cosa da fare.

Andare alla Vinagra.

Dove il Don Pablo aveva ancora vecchi conti, il laptop da battaglia e forse, solo forse, una spiegazione.

O un ultimo gesto.

O un addio.

E forse era, in fin dei conti, l'unico punto debole evidente che mi restava.

Stavano attaccando lui... per colpire me.

Per questo non potevo restare lì. Né a Scopello, né a Palermo, né nei caffè con nomi di scrittori morti.

Dovevo andare alla Vinagra.

Dove tutto, ancora, poteva essere spiegato.

O vendicato.

Mi sono rimesso a sedere. Il caffè era freddo. Ma l'ho bevuto lo stesso. Perché è quello che avrebbe fatto lui.

Sono andato in centro a Palermo per vedere Francesca. Era nel retro di uno studio legale che non ha mai il nome sulla porta. Mi ha detto:

"Forse Pablo sapeva troppo."

"Tutti sappiamo troppo."

"Ma lui lo sapeva presto. E ha fatto domande."

"E tu, lo sapevi?"

"Lo sto sapendo ora."

"Pensi che sia stato messo a tacere?"

Lei non ha risposto. Ha tirato fuori una sigaretta, ma non l'ha accesa.

Tornato a Scopello, ho chiamato Toscin.

"È morto?"

"Possibile."

"Chi ci guadagna?"

"Non lo so. Ma chi perde sono io."

Lei è rimasta in silenzio. Poi ha detto:

"Ti sei mai chiesto se siamo liberi o solo pedine ben trattate?"

"Sì. Da sempre."

"E?"

"Siamo marionette di sistemi più grandi. Ma marionette con memoria."

La chiamata è caduta. Non ho richiamato. Sono rimasto con la frase in bocca. A masticarla.

"Un uomo muore, ma la sua verità resta."

Ho letto quella frase su un vecchio quaderno di uno spione amico, anni fa. In una missione a Vilnius. Non l'ho capita allora. Neanche ora la capisco. Ma la sento. E per ora basta.

6

Vinagra: Fuga e Ombra
Viana do Alentejo, 20 maggio 2025

La strada per Vinagra sembrava abbandonata da Dio e ridipinta dal Diavolo. La terra battuta aveva ferite aperte, come se camion del dopoguerra le avessero sputato ruggine e bombe. Il cielo, un telo teso e grigiastro, senza misericordia d'ombra, pendeva sulla pianura come una sentenza. L'Alentejo era muto. Quel silenzio che si sente solo quando tutto ha già urlato troppo.

Francesca stava sul sedile del passeggero con gli occhiali scuri che non toglieva mai e le braccia incrociate come chi cerca di trattenere le schegge di ciò che non dice. A volte si mordeva il labbro inferiore, come se una verità le fosse incagliata in bocca. Altre volte lasciava scivolare la mano sulla coscia con un nervosismo pulito, senza maschere. Lei era lì — presente — ma con l'anima a metà strada tra la missione e un ricordo che non mi confessava.

— "Il pastore vive ancora lì?" mi ha chiesto, senza aspettare risposta.

Ho alzato le spalle. Ho detto "penso di sì", ma senza convinzione. Non ero il tipo d'uomo che si preoccupa dei pastori. Ma quell'uomo era diverso. Era l'ultimo filo di presenza umana alla Vinagra. Forse l'ultimo ad aver visto Don Pablo.

Quando la strada è finita, non c'era cancello. Solo due cippi di pietra bianchi, che proiettavano le ombre dell'ingresso. Le tracce delle ruote erano lì. Chiare. Recenti. Profonde. Come se una jeep o due fossero uscite in fretta. E l'erba, quella cazzo di erba che Don Pablo non lasciava calpestare a nessuno, era sventrata come un tappeto dopo una lotta di cani.

Ho fermato la macchina. Ho guardato la casa.

Silenzio. Neanche un uccello.

— "Resta qui," le ho detto.

— "Non resto in macchina come una donna degli anni '50."

— "Non è questo."

— "Allora cos'è?"

— "È che se questa è una trappola, preferisco che ci sia un testimone vivo."

Lei è scesa lo stesso. Senza proteste. Ma con un sorriso storto.

La porta principale era socchiusa. Un colpo alla serratura, leggero, come se qualcuno l'avesse aperta in fretta e con rabbia. Ho spinto. Siamo entrati.

La casa odorava di antico, ma non di morte. Nessun odore di decomposizione e nessun segno di lotta. Il corridoio principale era pulito. Un cappotto appeso. Il cappello di paglia di Don Pablo ancora sul portacappelli. Lo stesso ordine ossessivo. Lo stesso ordine che lui diceva sempre essere "per ingannare la vecchiaia".

— "Guarda qui," ha detto Francesca, indicando il pavimento.

Impronte. Fango secco, lo stesso della strada. E segni di gomma. Trazione militare. Tattico. Quelli non erano scarponi da contadino né da visitatore occasionale. Quella era gente addestrata. Gente che entra, rovista ed esce senza dire grazie.

In cucina, il frigorifero suonava. Era stato lasciato aperto, con una scatoletta di conserva sul marmo e un bicchiere mezzo pieno di vino bianco, caldo e dimenticato. Don Pablo non beveva vino bianco. O rosso o niente. Il vino bianco, diceva lui, "è per morti-viventi che hanno paura dell'acidità".

La bottiglia era aperta. Ma non era la sua. Era una marca da supermercato, roba economica. Quello non era vino per un uomo come lui. Era vino da passaggio, non da chi vive lì.

Salii in camera.

Tutto uguale.

Camice appese. Alcune piegate su una sedia di legno chiaro, ancora con le pieghe del ferro. Scarpe allineate contro la parete. Un libro aperto sul comodino — "L'Anatomia di un Processo", di Didier Fassin. Segnalibro a metà del capitolo "La Sospensione del Diritto", sugli stati d'eccezione.

— "Questa non è la stanza di chi è fuggito," mormorai.

La Francesca non rispose. Stava guardando la finestra socchiusa. La tenda si muoveva con una brezza insolente.

— "Se l'hanno ammazzato, è stato pulito. Se è fuggito, l'ha fatto in fretta. Ma non nel disordine," disse lei, finalmente.

— "Sua moglie?"

— "È in Inghilterra. Non risponde a nessuno."

Scesi. Il pastore era fuori, accovacciato vicino alla recinzione. Quando mi vide, si alzò con la lentezza di chi ha già perso l'abitudine alla fretta.

— "Signor Leilac," disse, con voce ruvida. "Non la vedevo da un bel po'."

— "E Don Pablo?"

— "Non lo vedo da settimane. Ha lasciato i cancelli aperti. I cani sono rimasti liberi per una notte intera. Il giorno dopo, ho visto i segni delle jeep sull'erba. Hanno calpestato tutto. Anche l'aiuola della lavanda."

— "E non ha visto nessuno?"

— "Ho visto delle ombre. Di notte. Ma non ci sono andato. Non sono stupido."

— "E il cibo dei cani?"

— "Finito. Hanno iniziato a cacciare. Uno di loro è stato ucciso, forse da un cinghiale. L'ho seppellito lì, vicino al muro."

La Francesca mi passò davanti, andò verso la piscina. Il pastore la guardò con quello sguardo di chi vede qualcosa fuori dal mondo.

— "Chi è?"

— "Un'amica."

Scosse la testa. Tornò al silenzio.

La seguii.

La piscina era sporca. Alghe sui bordi, foglie sul fondo. Ma l'acqua rifletteva ancora il cielo, quel cielo teso, senza forma.

La Francesca si spogliò.

Senza cerimonie. Senza domande. Senza pudore.

Rimase lì, nuda, come un insulto alla logica e una preghiera al corpo.

Poi si tuffò. L'acqua la inghiottì senza protestare. Quando riemerse, i capelli le si appiccicavano al viso come un lenzuolo umido. I seni, sodi. L'addome, segnato. Era un corpo assurdo, in una missione assurda, in una casa dove un uomo era sparito senza lasciare sangue.

Rimasi a guardare.

Non per desiderio. Ma per stupore.

Sembrava più viva lì, in quell'acqua sporca, che nei corridoi della Commissione, o negli uffici della DIA, o nelle notti a Roma a fumare sigarette costose.

— "Vieni?" chiese.

— "No."

— "La Mariangela!"

— "Non è di questo che si tratta."

— "Allora di cosa si tratta?"

— "Di rispetto. E di sopravvivenza."

Uscì dalla piscina. Non chiese l'asciugamano. Non chiese risposta. Si lasciò asciugare al sole. Ogni goccia che scivolava era una provocazione.

Rientrai in casa. Presi il libro di Don Pablo. Lessi le ultime righe sottolineate:

"Il tribunale non è uno spazio neutro, ma un luogo dove certe vite sono sistematicamente trattate come meno degne di difesa, meno meritevoli di giustizia."

Uscii.

La Francesca era già vestita. I capelli ancora gocciolanti, ma gli occhi asciutti. Non disse nulla. Salii in macchina. Lei venne dietro, senza sbattere la porta. Si sedette soltanto, incrociò le gambe e guardò fuori dal finestrino come se volesse andarsene da lì senza bisogno di camminare.

Accesi il motore. L'Audi gemette una volta prima di svegliarsi. La terra battuta cominciò a scivolare sotto le ruote come se la macchina volesse dimenticare di essere stata lì.

La strada fino a Lisbona sarebbe stata lunga. E il silenzio prometteva compagnia.

Facemmo due chilometri prima che lei parlasse.

— "Ho sempre pensato che sarebbe finita così. Su una strada qualsiasi. Con qualcuno che non ha casa nemmeno lui."

La guardai di sfuggita. La sua mano stringeva il ginocchio con forza, come se fosse l'unica ancora tra il corpo e ciò che restava dell'anima.

— "Questo è quello che chiamano romanticismo decadente?" chiesi.

— "No." — Lei sorrise, amaro. — "Questo è quello che chiamano sopravvivenza."

Per alcuni minuti, lasciammo che il paesaggio masticasse il tempo. L'Alentejo scorreva lento, campi consumati, ulivi spezzati e una solitudine che sembrava avere radici nelle ossa.

— "Hai mai avuto fiducia in qualcuno?" chiese, senza guardarmi.

Riflettei sulla domanda come chi tasta un bisturi con le dita. Taglia prima ancora di accorgersene.

— "Ci ho provato. E tu?"

— "Fidarmi no. Ma ci sono stati momenti in cui ho voluto davvero credere. Che qualcuno sarebbe rimasto. Che avrei potuto parlare. Che non fosse necessario nascondere tutto."

— "E com'è andata?"

— "Non bene. Ma nemmeno male. Semplicemente... è finita prima di cominciare."

Il silenzio tornò, ma stavolta con un altro odore. Non era il silenzio della terra. Era il silenzio delle cose che non si dicono perché si sa già che sono irreversibili.

— "Sai qual è la cosa peggiore?" continuò lei. "Quando passi anni a mentire su tutto... anche le verità cominciano a sembrarti trappole. E poi, quando incontri qualcuno con cui potresti... non so, essere solo te stesso, ormai non sai più come si fa."

Respirai a fondo. La mano destra strinse il volante con più forza.

— "È per questo che non parlo di Mariangela."

Lei si girò. Per la prima volta dalla Vinagra, mi guardò davvero.

— "La ami ancora?"

— "Il problema non è amare. È non riuscire a vivere fuori dal segreto. Quando si vive così tanto tempo in compartimenti stagni, l'unica cosa che resta è l'eco. E l'eco non si sdraia con te."

— "Io, dopo di te, ho provato con Lorenzo. L'italiano dell'ENISA. Sai chi è."

— "Quello di cui dicevi che aveva gli occhi dolci?"

— "Sì. Quello. A un certo punto, mi chiese perché cambiassi nome in certi hotel. Gli dissi che era un gioco. Ci credette. O fece finta. Per qualche mese. Poi, iniziò a fare più domande. E io iniziai a mentire meglio. Quando me ne accorsi, non ricordavo più cosa gli avevo detto la settimana prima."

— "E lui?"

— "Se n'è andato. Discretamente. Con un biglietto. Diceva: «Sono stufo di bugie»."

— "Bello."

— "Sì. Ma era vero. Io ero solo bugie. All'epoca poi, avevo ancora paura delle ritorsioni della mafia, di quello che avevamo fatto."

La strada sterrata finì. Entrammo sull'asfalto e le gomme cambiarono suono. La cadenza si fece più pulita, più acuta. La strada non si lamentava più — ci portava soltanto.

— "E se morissi domani?" chiesi.

Lei non esitò.

— "Terrei il tuo corpo finché non trovassi qualcuno che sapesse il vero nome da mettere sulla lapide."

— "Non hai curiosità?"

— "Nessuna. Se me li dai, i nomi, le date, i luoghi... poi comincerai a chiedermi di custodirli. E non voglio più segreti degli altri dentro di me."

— "Sei davvero un'agente? Ora, dopo tutto, dopo che sei uscita dalla DIA come sei uscita, ti senti un'agente? In quello che stiamo facendo adesso?"

— "Non lo so. Forse sono solo una donna che sa nascondere cose. Anche a se stessa," rispose; fece una pausa secca e concluse, senza chiedere permesso, "ma ne ho bisogno. Te l'ho già detto."

Si tolse gli occhiali. Gli occhi erano rossi, non di pianto, ma di stanchezza. Quel tipo di stanchezza che non dorme più nemmeno con le pillole.

— "Il segreto uccide dentro," le dissi.

— "Sì. Ma è anche ciò che mi ha tenuta in vita. È un'armatura, ma col tempo... si incolla alla pelle. Poi non sai più dove inizi tu e dove finisce la maschera."

— "Non ti sei mai innamorata davvero?"

— "Certo che sì. Credo che con te ci sono andata vicino."

— "Penso sia stata la pressione del momento, una specie di sindrome di Stoccolma."

— "Forse, ma con te ero me stessa. Hai scoperto la mia maschera. Con gli altri non ho mai mostrato tutto il volto. Ho sempre lasciato metà nell'ombra."

— "E loro accettavano?"

— "No. Ma fingevano. Fino al giorno in cui capivano che stavano scopando una versione di me che nemmeno io conoscevo bene."

La velocità aumentava. L'auto scivolava ora come se volesse dimenticare di avere anch'essa un'anima.

— "E tu, Leilac? Chi ha conosciuto il tuo vero nome?"

— "Forse il Micas."

— "Il ragazzino dei tuoi libri?"

Annuii.

— "Ma lui è finzione."

— "Esatto."

Accesi la radio, non per piacere, ma per fingere normalità. La Francesca sistemò la cintura con il gesto secco di chi si prepara a un viaggio lungo.

— "Leilac..." disse lei, ma non finì la frase.

Guardai nello specchietto retrovisore. Un'auto nera, una Tesla Model S Plaid con targa spagnola, era apparsa come un'ombra nella curva di una vigna. Troppo vicina. Troppo discreta.

— "Abbiamo compagnia."

Lei non rispose. Ma vidi la sua mano scivolare dentro la borsa.

— "Non fare la finta americana," mormorai. "Se ci beccano armati, è finita."

Accelerai. La strada dalla Vinagra a Évora era un serpente nero, secco e screpolato. Ma l'Audi ne conosceva la schiena. Sgattaiolai nella curva come fosse l'ultimo ballo. L'auto dietro restava. Sempre a dieci metri. Né più. Né meno.

— "Pensa che sei stupido," disse lei. "Sta giocando con te."

— "Che giochi pure."

Quando entrammo nella N114, l'asfalto divenne un palcoscenico di tensione. Attraversai due rotonde come chi gratta un fiammifero bagnato: veloce, ma senza fiamma. La città di Évora apparve in lontananza, color terra e dolore. La muraglia romana ci attendeva come una cicatrice antica.

Fu lì che la Tesla accelerò.

Lasciai urlare l'Audi. Terza, quarta, quinta — e poi una curva stretta vicino al Bairro da Malagueira. Sgommata con una precisione studiata, quasi poetica. L'auto sbandò, si raddrizzò e proseguì. La Tesla fece lo stesso. Non era più solo un pedinamento. Era una caccia.

— "Puoi scendere," urlai. "A metà piazza. Mischiati."

— "E tu?"

— "Vado a ballare con lui."

Lei sorrise. "Fottuto."

— "Sempre."

Entrai a Évora senza battere ciglio. L'ingresso dal Largo da Porta de Moura era stretto, ma l'Audi era snella. Passai la Capela dos Ossos come si passa davanti a una vecchia amica — senza tempo per parlare, ma con rispetto. Dietro, la Tesla esitò.

Lei aprì la porta.

— "Ora, ora," la sentii mormorare, prima di saltare.

Saltò.

Nessun grido. Nessun addio. Scomparve nella folla come se non fosse mai esistita.

Svoltai a destra come si volta l'anima: con violenza. Le ruote posteriori sfiorarono il selciato. Sentii la scocca dell'auto vibrare. La strada era troppo stretta per scherzi. Dietro di me, la Tesla urtò un segnale stradale. Il rumore fu secco. Ferro contro fretta.

Arrivammo in Praça do Giraldo con le gomme che cantavano. La GNR era lì. Due militari a pattugliare a piedi. Uno portò la mano alla pistola quando ci vide passare. Indicai dietro con il braccio fuori dal finestrino.

— "L'auto dietro! Seguitela!"

E allora la fortuna — quella prostituta generosa — mi offrì un semaforo rosso.

Mi fermai.

La Tesla frenò d'emergenza. Tentò di fare retromarcia. Ma la GNR si stava già muovendo.

— "Identificazione!" gridò uno degli agenti alla Tesla, che fece inversione e partì contromano.

L'Audi rimase ferma. Il silenzio della Praça do Giraldo tornò a imporsi. La gente riprese a fingere di non aver visto nulla.

Uscii dall'auto, lasciai il motore acceso. Corsi indietro. Sul marciapiede. Contro il flusso. Contro la logica. Sapevo che lei sarebbe stata lì. Tra i turisti. Tra i suoni di Évora che mascheravano lo spavento.

E c'era.

Appoggiata a una vetrina di un negozio di artigianato. I capelli scompigliati. Lo sguardo intatto.

— "Vieni," le dissi, senza poesia.

Lei non esitò. Tornammo. Salimmo in macchina come si entra in un rifugio che si conosce a memoria. Lei chiuse la porta piano. Accavallò le gambe. Le mani ancora tremavano, ma gli occhi, no.

— "Sono scappati?" chiese Francesca.

— "Per ora. Ma non so chi fossero."

Guardai intorno. La città sembrava tornata normale. I piccioni volavano come se fosse sempre domenica e le sirene della GNR erano già lontane. Il gioco continuava. E noi, in mezzo. Ma con un punto a nostro favore: eravamo ancora vivi.

7

La Lettera Che Non È Mai Arrivata
Lisbona, 21 maggio 2025

Lisbona si svegliava con l'alito del Tago appiccicato ai vetri e un silenzio che non era pace — era solo stanchezza. Mi sedetti davanti al bancone del Café Colonial, tra due uomini che non sapevano di aver già rinunciato alla vita, ma continuavano a mangiarla a pezzi con fette di pane troppo spesse e bicchieri di latte annacquato. Il cameriere tossiva in un angolo, con le dita marroni di nicotina e l'anima infilata in un grembiule consunto. Ordinai un caffè corto. Senza zucchero. Con la gola ancora in fiamme dall'ultima notte insonne.

La lettera era con me. Carta bianca, piegata a metà. L'avevo scritta il 6 aprile, a Chiclana de la Frontera, con il mare che ruggiva viscere e la memoria infilata nella sabbia. Non l'ho mai spedita. Perché sapevo, in fondo, che le lettere non servono a cambiare i destini. Solo a seppellire meglio i morti.

L'ho aperta come si rilegge un'autopsia:

"Segna per Scopello. Giorno 17 aprile, dopo le quindici.
Hai la chiave della porta — è nuova, ancora gratta un po' quando entra nella serratura, i bordi sono ruvidi, come le parole che non abbiamo detto in tempo.

Entra. Appoggia il cappotto sulla sedia della cucina. Apri le finestre, lascia entrare il mare e lascia che il vento scompigli i fogli sopra il tavolo, come faceva sempre.

Il frigorifero dovrebbe essere vuoto, ma c'è sempre vino sul ripiano in basso dell'armadio. La tovaglia verde è ancora nel solito cassetto.

Aspetta me. Se arrivo prima io, aspetterò te.

Senza parole provate. Senza domande. Solo presenza.

Solo questo. Che, in fondo, è tutto."

Chiusi la lettera. Le mani tremavano. Non per debolezza, ma per eccesso di contenimento.

In quell'istante, l'idea mi colpì come un'aggressione: Don Pablo era sparito. Anche Mariangela. Non era solo una coincidenza. C'era un disegno lì. Una simmetria malata. Come se i due fossero legati da una corda invisibile — e qualcuno l'avesse tirata con forza.

Chiamai Toscin.

— "Sono a Lisbona. Ho bisogno di te."

— "Adesso?"

— "Sì. C'è merda che si muove. Mariangela è sparita e tu sai bene quanto me che lei non sparisce mai. Lei fugge, ma avvisa. Stavolta, niente."

— "E pensi che sia...?"

— "Penso che sia finita nella stessa rete di Don Pablo. O è scappata in fretta... o le hanno fatto quello che hanno fatto a lui."

Dall'altra parte, silenzio. Un silenzio che non è vuoto. È calcolo.

— "Vuoi che chieda aiuto a Ezar?"

— "No. Voglio solo che scopra con chi ha parlato nelle ultime settimane. Se ci sono tracce di viaggi, movimenti bancari, telecamere. Tutto. Scava dappertutto."

— "Dammi due ore."

Riattaccai.

Mi alzai e uscii dal caffè. L'odore della città mi si infilò nelle ossa. Lisbona era umida, sotto un cielo che sembrava lavato con acqua sporca. E fu quando girai l'angolo di Rua das Gáveas che la vidi.

Seduta da sola, a un tavolo contro il vetro, una donna mi osservava come se sapesse il mio nome prima ancora di sentirlo. Mora, capelli raccolti, vestita di beige e scuro, con una sciarpa al collo che sembrava più un travestimento che un ornamento.

Mi avvicinai.

Parlò prima che potessi aprire bocca:

— "Sappiamo chi sei. E sappiamo chi è lui. E sappiamo cosa ti prepari a fare."

Mi sedetti senza chiedere.

— "Chi è il «lui»?"

— "Musk."

— "Perché questa ossessione?"

— "Perché mentre tu scrivi libri e lettere, lui scrive algoritmi che uccidono idee."

— "E cosa volete da me?"

— "Che tu aiuti a buttarlo giù."

— "È vago."

— "È tutto quello che posso darti per ora."

— "Francesca ti conosce?"

— "No."

— "Sono sicuro che ti ha già vista."

— "Lei negherà. Perché è quello che le hanno insegnato a fare."

— "Ho lo stesso obiettivo di Tancredi, ma siamo su fronti opposti e lui ti sta ingannando."

Si alzò. Pagò il caffè che non aveva bevuto.

Prima di uscire, mi lanciò un foglio piegato. In un inglese perfetto, scritto a mano, c'era scritto:

"We will speak again. But only when you forget what side you're on."

La vidi sparire nel traffico come un fantasma che però ha lasciato impronte.

Chiamai Francesca. Rispose al secondo squillo, con la voce avvolta nel cinismo.

— "Sono stato avvicinato da una donna che è venuta a parlarmi di Musk?"

— "In che senso?"

— "Mi ha parlato di Tancredi. Sapeva che ero a Lisbona. Sapeva delle cose."

— "Era del team di Tancredi?"

— "Ha detto di no, ma che aveva lo stesso obiettivo. Ne parliamo meglio di persona dopo."

Lei riattaccò senza rispondere.

Il telefono mi rimase in mano come un pesce morto.

Dormii male quella notte. Il materasso della stanza d'albergo sembrava pensato per corpi senza passato. Troppo nuovo. E questo mi irritava. Un corpo come il mio aveva bisogno di legno vecchio e scricchiolii — segni che altri lì avevano già perso il sonno prima di me.

Mi svegliai con il telefono che vibrava. Toscin.

— "Leilac. Ho qualcosa."

La sua voce era secca, ma non fredda. Quando era davvero preoccupata, diventava oggettiva. Risparmiava le parole come chi sa che ogni sillaba può essere tracciata.

— "Dimmi."

— "L'ultimo segnale di Mariangela è del 17 aprile, alle 09:37 del mattino. Milano. Cellulare spento da allora. Né ping wi-fi, né transazioni. Zero."

— "Il 17," ripetei.

E solo dopo mi cadde addosso il peso della coincidenza. Scopello. Il vino aperto. Il silenzio a tavola. Io ad aspettare. Lei... niente.

— "Cosa c'è il 17?"

— "Era lei che doveva venire da me."

— "L'hai invitata?"

Esitai. Solo un secondo. Ma bastò.

— "Le ho scritto una lettera."

Dall'altra parte, silenzio.

— "E l'hai spedita?" chiese Toscin, con un tono che già indovinava la risposta.

Il mio corpo si gelò. Le parole, quando arrivarono, arrivarono nude.

— "No."

Quello che seguì fu un silenzio così assoluto che quasi sentii il disprezzo di lei cristallizzarsi dall'altra parte della linea.

— "Sul serio?" La sua voce si spezzò. Non per rabbia, ma per sconcerto. "Mi stai prendendo in giro?"

— "È stato un gesto."

— "Un gesto?! Tu le hai scritto una lettera, non le hai detto niente, non le hai mandato niente e sei rimasto ad aspettare che indovinasse — e ora ti sorprendi che non sia venuta? Ma dormi con Baudelaire o con Bukowski sotto il cuscino o che cazzo ti succede?"

— "Il libro, Toscin..."

— "Quale libro? Baudelaire?"

— "Il «Back (or write)»."

— "Leilac... stai davvero perdendo il senno. Quella era letteratura. Finzione. Stronzata metafisica. Tu pensi che una donna reale si metta su un aereo per una lettera in un libro, pubblicato giorni prima del presunto incontro? Pensi che avrebbe interpretato quella come un vero invito?"

Non risposi.

— "Queste follie di Trump ti stanno contagiando, amico. Ti stai trasformando in uno di quei tizi che credono che messaggi subliminali nei libri cambieranno il mondo."

— "Toscin..."

— "No, ascoltami. Io sopporto anche i tuoi giochi con i CEO, con i tribunali, con questa tua fissazione per la tua nuova vena da scrittore. Ma questo? Ora lasci che la tua vita personale sia un'equazione mal risolta tra letteratura e telepatia?"

— "Non sapevo che lei..."

— "Sai cosa mi fa male? È che se lei è morta, Leilac, se qualcuno le ha fatto del male, tu passerai il resto della vita a pensare che bastava un SMS. Un messaggio, cinque parole. E lei sarebbe viva."

— "Non dirlo."

— "Non dirlo tu. Perché io proverò ancora a trovarla. Tu, mi pare, hai perso il nord. E il sud. E il centro."

Riattaccò. Nessun insulto. Nessuna promessa. Solo un silenzio improvviso e assoluto. Come un blackout in ospedale.

Rimasi lì fermo con il telefono che mi bruciava in mano. E, in quel momento, capii: c'erano cose che nemmeno Toscin sarebbe riuscita a salvare. Né Azar. Né Tancredi, con i suoi file. Né Francesca, con il suo corpo di geometria pericolosa.

La verità era semplice: avevo scritto una lettera. Ma non l'avevo spedita.

E a volte, l'unica cosa che separa un incontro da una sparizione… è una busta.

Continuai a camminare per le strade di Lisbona come chi non si aspetta più di tornare con risposte. Solo con lividi. E forse nemmeno visibili. La città puzzava di piscio sui muri e di decisioni che non si possono più correggere. Entrai in un chiosco e comprai un pacchetto di sigarette, anche se non fumavo— erano per Francesca, me le aveva chieste. Ma ne accesi una. Il fumo mi bruciò gli occhi. Ma servì a ricordarmi che avevo ancora un corpo.

Mi sedetti su una panchina al Miradouro da Graça. Il cielo era sporco e grigio, senza pioggia. Accanto a me, un uomo leggeva il "Correio da Manhã" come se fosse una tesi di dottorato. Dall'altro lato, una donna dava resti di pane a piccioni che non volavano più, solo pendevano.

E io lì, in mezzo, a pensare se quello fosse il famoso punto neutro tra guerra e pace.

Cominciai a sfogliare i documenti che Tancredi mi aveva inviato nel link temporaneo. Non erano falsi. Ma erano… troppo giusti. Perfetti. Avevano l'odore di una trappola ben confezionata — o di una verità così brutta che nessuno oserebbe fabbricarla.

Moderatori pagati. Manipolazione elettorale. Algoritmi regolati per silenziare rivolte ecologiche. Campagne a favore di Trump e contro Kamala Harris e Biden, mascherate da meme spontanei. Tutto lì.

"Ma cosa cambia, se esponiamo tutto questo?" pensai. "Buttare giù una testa ne crea un'altra più feroce? E io… voglio ancora giustizia? O ormai solo vendetta? Si sono ricordati di attraversare un oceano per chiedermi questo? A me? Strano!"

Guardai il cielo e mi chiesi se credevo ancora nel lato giusto della storia. O se il lato giusto fosse solo quello che ci conviene quando siamo noi a impugnare la spada.

Ricevetti un nuovo messaggio anonimo. Diceva solo:

"You're not the hero. But you're useful."

Chiusi il file. Cancellai la cloud.

Lo sapevo benissimo: non ci sono eroi. Solo operativi. Solo gente che sceglie quale nemico sia più redditizio amare in silenzio... prima di distruggerlo.

La lettera non è arrivata. Forse per questo, ero ancora lì.

8

I Parassiti
Lisbona, 30 maggio 2025

Rodrigo camminava al mio fianco, trascinando la cartella nera come si trascina il cadavere di un'idea morta. I marciapiedi scivolavano, non per la pioggia, ma per un unto invisibile, fatto di vomito secco davanti ai bar, mozziconi di sigaretta e scontrini bancomat incollati a terra. Lisbona quella mattina aveva l'alito delle cose che non contano più. Nemmeno i turisti gridavano. Nemmeno le auto suonavano il clacson. Era come se la città, per un giorno, avesse accettato di restare zitta. E noi andavamo lì, due uomini con l'anima in ferita aperta, mascherati da abiti ben stirati e cravatte che nessuno nota.

Francesca era andata a Bruxelles. Stava cercando di forzare una riunione tecnica con la DG CONNECT, aveva ottenuto la promessa di un incontro con qualcuno dell'unità responsabile dell'enforcement del DSA, una magra con nome fiammingo e occhi di chi ha già visto troppi algoritmi fallire vite umane. Dovevo incontrarla il giorno dopo, sabato, ma quel giorno — quel giorno era per questo. Per andare a vedere i parassiti della regolazione portoghese a discorrere su "una nuova ambizione per il mercato dei capitali". Frase che, tradotta in lingua di verità, voleva dire: "continueremo a fingere che questa cosa funzioni".

All'ingresso della Fondazione Calouste Gulbenkian, dove si sarebbe tenuta la conferenza, due guardie di sicurezza con la faccia di chi non ha mai letto un verbale, figuriamoci una sentenza arbitrale. Siamo passati senza mostrare nulla. Chi sta in questo giro da abbastanza tempo sa che ci sono porte che si aprono con lo sguardo giusto e il silenzio ben calibrato. Entrammo nell'auditorium, dove la conferenza stava per cominciare.

Sapevo che lui sarebbe stato lì. Il presidente del collegio arbitrale che aveva deciso a favore dei criminali incravattati che avevano fregato Don Pablo. Sapevo che non avrebbe parlato — non perché non volesse, il tipo era uno di quelli vanitosi, che amano mettersi in mostra, ma perché quel giorno il palco non era suo. Ma sarebbe stato lì. Come un simbolo. Un'icona di tutto ciò che è marcio e si finge struttura.

Magari ci fosse stato un Q&A alla fine — se ci fosse stata anche solo una fessura di opportunità — l'avrei sciolto lì stesso, davanti a tutti. Senza alzare la voce. Solo con fatti, ironia e una mira affilata come una lama.

Ci sedemmo nell'ultima fila, in fondo, mi piace osservare tutto e tutti. Davanti, qualche incravattato con occhiali spessi discuteva termini come "moltiplicatori di valore" e "riforme strutturali". Dietro di noi, una donna che puzzava d'ipocrisia — parlava a bassa voce al telefono, dicendo a qualcuno che non sarebbe riuscita a pranzare. E io lì, con Rodrigo accanto, a pensare a Don Pablo e al giorno in cui ricevette la sentenza.

Quel giorno era con me. Era ancora vivo. Ma a pezzi. Ricordo di averlo visto leggere ogni riga come si legge la causa della propria morte annunciata.

Fu lì che si spezzò.

Non fu la frase in sé, no. Quello che rovinò tutto, alla fine, non fu la frase in sé. Fu la stupida reverenza con cui gli diedero spazio.

"Non si può confrontare il valore di un anno con il valore accumulato di più anni," disse il testimone della stronzata, il Bicho da Caixinha, come avevamo iniziato a chiamarlo, con la posa di chi mastica logica ma ingoia solo sabbia.

Non fu il presidente-arbitro a inventarla. Si limitò a ungergli la fronte con l'olio della credulità conveniente.

Gli bastò quella frase mal pensata, allineata con tre o quattro ricerche frettolose su sites di crescita composta — scritti tra un tutorial da influencer e un volantino di motivazione finanziaria — per trovare la stampella di cui aveva bisogno. Senza nemmeno dimostrare di aver capito cosa quei sites, anche solo superficialmente, cercavano di spiegare.

Il più indigente dei ragionamenti, servito a tavola come se fosse un dessert di gala.

Ma quello che si stava discutendo — e qui nessuno che sappia distinguere un bilancio da una poesia sbagliata — non era un confronto.

Era un accertamento. Di una crescita.

Era la misurazione di un percorso tra due punti temporali, con origine a zero e fine in cima.

L'idiota del testimone — quell'oracolo da quattro soldi — confuse la traiettoria con il punto di partenza e il presidente arbitro, ignorante, decise che era lì, in quell'equivoco, che stava la verità.

Era come se qualcuno guardasse un albero e dicesse che non vale la pena scalarlo perché il suolo già esiste.

O come se confrontare una mela con l'intero frutteto servisse a qualcosa per chi vuole solo sapere se l'albero è cresciuto o no.

Ed è in questo che si è trasformata l'arbitrato: in una vasca di pesci che si credono aquile, in un coro di rane che danno pareri sul volo.

La decisione finale, sputata su carta con l'inchiostro lurido della formalità, non fu altro che un ornamento retorico sopra una stupidità validata.

Si ignorarono i pareri tecnici, si disprezzarono gli anni di studio di chi vive di conti, proiezioni, curve e realtà.

Furono trattati come rumore i dottorati, i cattedratici, i revisori, gli economisti e i manager — tutti schiacciati dall'autorità di un relatore che pensava di poter salire sull'albero con le pinne che ha attaccate alla schiena.

È questo che permette questa merda: che un pesce si creda capace di scalare un albero, solo perché ha passato anni a guardare i rami da lontano.

Non comprende la gravità, ma dà opinioni sulla cima.

Eppure, sono convinto che se l'imbecille leggesse questo, continuerebbe a non capire. Continuerebbe a non capire che lì non si confrontava un cazzo di niente. Nessuna grandezza. Nessuna mela col frutteto. Nessun mese con un secolo.

Si accertava la crescita. Come si accerta in qualsiasi contesto dove il tempo passa e le cose evolvono.

Se una classe di idioti inizia il primo mese con solo dieci alunni, il secondo mese ne aggiunge altri dieci, il terzo mese altri venti, il quarto mese altri trenta, il quinto altri quaranta, e il sesto altri dieci — arriva alla fine con centoventi.

È aritmetica. È somma. È percorso.

Ma l'imbecille non l'ha capito.

Non ha capito qualcosa di così semplice.

Eppure, ha giudicato.

E ha scritto.

Lo fissai nell'angolo della sala. Non diceva nulla. Solo esisteva. Ma esisteva troppo. Era come un tumore in un organismo malato — silenzioso, travestito da normalità. Un parassita dell'ambiente. Succhiava bilanci, decisioni e tempo. Aveva quel tipo di faccia che non arrossisce mai, nemmeno quando calpesta cadaveri. Un uomo fatto per sopravvivere nel mondo delle regole che proteggono gli stupidi purché indossino la cravatta.

Rodrigo si chinò e mi sussurrò:

— "Vuoi che vada a parlargli?"

Scossi la testa.

— "Non serve. Cosa si dice a uno che ha già ucciso con una virgola?"

Rodrigo tacque. Anche lui portava Don Pablo sulle spalle. Era stato lui a suggerire il parere giuridico che distrusse la tesi del relatore. Era stato lui ad aiutarmi a sviscerare i rapporti in Excel fino allo sfinimento, a provare la veridicità di ogni virgola, ogni tasso e ogni curva. Tutto per cosa? Per vedere tutto ignorato da un tribunale arbitrale che confondeva giurisprudenza con oroscopi.

La sessione iniziò. La moderatrice era un'ex giornalista riciclata in tecnocrate. Parlava come chi si scusa di avere ancora una voce. Accanto a lei, economisti da vetrina e uno o due ex-governanti, ora riconvertiti in specialisti di qualche stronzata.

Parlarono di tutto: sostenibilità; finanza verde; mercati integrati; e innovazione digitale. Parlavano come se il paese fosse un'azienda con veri profitti. Parlavano di capitale umano come si parla di pacchi di riso. E in mezzo a tutto questo, quell'uomo — il presidente arbitrale — ascoltava, sorrideva, fingeva di non ascoltare. E io a masticare il mio silenzio come fosse pietra pomice.

Quando la sessione finì, ci alzammo lentamente. Non volli uscire subito. Volevo vederlo uscire. Volevo vedere se gli tremavano le mani. Ma non tremavano. Camminava come se avesse ancora ragione.

— "Vieni?" chiese Rodrigo.

— "Lo seguo."

— "Vuoi che venga con te?"

— "No. Questa è una cosa personale."

Uscii dalla sala e lo vidi già in fondo, vicino all'ascensore. Passo lento. Pensai di gridare. Pensai di sputargli in faccia. Pensai di scrivergli una e-mail con il titolo "Figlio di puttana morirai". Ma mi limitai a seguirlo e a inseguire il suo odore di niente.

Perché ci sono odi che non si dicono. Ci sono odi che si scrivono.

La mano fu istintiva. Il gesto secco. Lo fotografai come si lancia un chiodo contro il vetro della realtà — frantumando l'illusione di decoro che quel volto ancora portava. Il presidente arbitro parlava con altri due uguali a lui, non nell'aspetto, ma nello spirito: uno con le mani troppo pulite per non essere sporco di merda dentro; l'altro con il sorriso facile di chi non teme l'eco della propria assenza morale. Gesticolavano come solo i parassiti sanno fare — quel linguaggio corporeo di chi si nutre della decomposizione altrui.

Mandai la foto a Toscin. Senza didascalia.

Ma poi aggiunsi:

"Che ci pensi Ezar. Se è qualcosa di grave, meglio così."

Sapevo che Ezar non faceva domande. Era lento, metodico, come un tumore benigno che si trasforma in bestia. Ma sapeva essere fulminante quando arrivava il momento. Non faceva mai nulla in anticipo. Mai nulla in fretta. Ed è per questo che era efficace.

Sapevo che quella cosa poteva durare anni. E proprio per questo, volevo che durasse. Che fermentasse. Che la paura si insinuasse nelle rughe di quel figlio di puttana. Che gli tremassero le dita di notte, quando apriva il laptop e non sapeva cosa dicessero di lui i file nascosti— magari che era un pedofilo. Volevo che, un giorno, in un corridoio qualsiasi, qualcuno gli sussurrasse all'orecchio il nome di Don Pablo — e che lui sapesse, nelle ossa, che era tornato per morderlo.

Ero ancora lì, quando lo vidi avvicinarsi come un avvocato a fine scadenza — il presidente della CMVM.

Era abbronzato da ufficio — quel tipo di abbronzatura che non nasce dal mare, ma dalla gestione delle apparenze. L'abito gli stava addosso come un argomento studiato e il nodo della cravatta era troppo stretto per uno che dice di voler solo "conversare". Camminava come chi ha già marciato in fila, ma ora finge: petto in fuori, mento alto e occhi sempre due centimetri sopra gli altri, come se annusasse l'aria in cerca di debolezza.

Si avvicinò con quel passo ritmato, deliberato, come se provasse la cordialità davanti allo specchio.

— "Dottor Leilac," disse, e il mio nome suonò come un tentativo di abbraccio che non arriva mai alle braccia. "Possiamo parlare due minuti?"

Non risposi subito. Volevo vedere le sue mani. I gesti. Le cuticole tagliate dritte. Le unghie pulite. Tutto troppo pulito.

— "Dottor Lúcio Lagarta de Sousa," salutai. "Certo," annuii.

Rodrigo, che nel frattempo si era messo al mio fianco, gli porse semplicemente la mano per un saluto, aprendo la bocca solo per dire il proprio nome.

Lagarta de Sousa fece quel sorriso senza denti che fanno solo quelli che temono il contraddittorio. Un gesto minimo. Quasi un tic.

— "La conferenza è andata bene, non trova?"

— "Dipende dalla definizione di «bene». Se si tratta di ignorare elefanti in mezzo al palco, sì, è stata una coreografia d'eccellenza."

Rise. Ma fu una risata cauta, una risata che morde dentro. Poi si morse le labbra. Un vecchio vizio di chi preferisce ingoiare la domanda invece di rispondere al disagio.

Guardò intorno. Uno sguardo rapido. Calcolato. Come chi misura le distanze di sicurezza prima di avvicinarsi all'abisso.

— "Volevo chiederle... insomma, in modo informale, natural-mente... se ha ancora senso mantenere quel processo."

"Quel processo." Non disse il nome, né serviva. Il nome tremava sulle pareti del Supremo Administrativo. Il nome era a Bruxelles e recentemente era stato rinviato per interpretazione pregiudiziale alla Corte di Giustizia dell'Unione Europea. Insomma, era tradotto in tutte le lingue del dubbio. "Quel processo" era il dente marcio nel sorriso regolatorio. E lui voleva strapparlo con anestesia verbale.

— "Dipende," risposi, mettendo la mano sulla spalla di Rodrigo come chi si appoggia per prendere slancio. "Se la vostra reputazione regge ancora qualche crepa… allora sì, forse non ha più senso."

Non rispose subito. Masticò il silenzio a bocca chiusa. Era il tipo di uomo che fa pause come se fossero una forma di potere. Un ma-estro della parola pulita e del gesto sporco.

— "Penso solo che a volte prolungare certi processi causi più danni che soluzioni."

— "Sì. Soprattutto quando le soluzioni possono confermare che il danno è stato vostro."

Scosse la testa lentamente, come chi scaccia una zanzara senza voler ammettere di essere infastidito. Non rispose.

— "Già che ci siamo… sa se c'è qualche coordinamento tra la CMVM e la SEC sulle operazioni di short selling, in particolare le-gate a Tesla? Operazioni fatte da strutture offshore, conti polveriz-zati, ordini dispersi?"

Lì l'abbronzatura vacillò. Per un istante, la pupilla sembrò ritrarsi all'interno. Ma subito riapparve, con l'espressione studiata di chi parla di cose neutre.

— "Non sono a conoscenza di nessun dossier specifico. Tesla è stata monitorata, certo, ma negli USA, non qui dove non è nemmeno quotata. E con i nuovi formati di esecuzione in dark pools, molte cose sfuggono, anche alla SEC. Perché?"

— "Perché Don Pablo ci stava dentro. Ha fatto un'operazione rilevante. Davvero rilevante. E nessuno sembra essersene accorto. Nemmeno la SEC."

Fece quel gesto particolare, un quasi niente con la mano, come chi posa una tazzina immaginaria su un piattino inesistente. Un gesto di gestione del silenzio.

— "Forse perché non erano poi così rilevanti."

— "O forse perché sono state fatte troppo bene."

La frase rimase lì, nell'aria, come una flatulenza sociale. Come una bestemmia detta in una chiesa vuota, ma ancora sacra.

— "Bene, è stato un piacere rivederla," disse, porgendomi la mano. "Spero che potremo trovare modi per risolvere… certe questioni con pragmatismo."

Gli strinsi la mano. Forte. Quasi al limite della violenza.

— "Pragmatismo," ripetei, come chi lo manda a fanculo.

Mi voltai. Rodrigo mi seguì. Volevamo uscire di lì, in fretta.

Nella foto che avevo scattato al presidente arbitro, si vedeva, sullo sfondo, anche quest'uomo. Quello della CMVM. I due, in un angolo quasi simmetrico. Uno che distrugge con le frasi, l'altro che cancella con l'assenza. Una specie di duetto stonato, ma efficace.

Proseguimmo a piedi. C'era qualcosa, quel giorno, che non mi lasciava tornare alla macchina. Le strade sembravano fatte di resti di conversazioni mal digerite. I palazzi ci guardavano con diffidenza. Lisbona, in quella zona, ha questa cosa di sembrare sempre in affitto. E noi, due tipi consumati in giacca, sembravamo attori fuori scena.

— "Posso dirti una cosa?" gli dissi, con un tono che non lasciava spazio a rifiuti.

— "Certo."

— "Tu sei uno dei pochi che non tradisco."

Si fermò. Sbatté le palpebre come chi prende un pugno leggero.

— "Grazie, credo," disse, mezzo ridendo, ma senza riuscire a fingere leggerezza.

— "Non è uno scherzo, Rodrigo. C'è un tipo di fedeltà che è più importante di qualsiasi amore. Tu lo sai."

Annuii, lentamente. Poi prese una scatola di chewing gum. Me le offrì. Rifiutai. Ne mise una in bocca.

— "L'amore, Leilac," disse, "l'amore è un cane malnutrito. Viene quando sente odore di cibo. Ma la lealtà… quella no. Quella resta quando nel frigorifero c'è solo aceto."

— "Esatto."

Restammo a guardare il traffico. Un ragazzino passò su un monopattino, con auricolari giganti e una maglietta con uno slogan in inglese stampato male.

— "La questione è questa," continuai. "Io, nel mio mestiere, manipolo tutti. Non è un'esagerazione. È una necessità. Sono i tribunali, le donne, i partner d'affari, i clienti, gli alleati, i nemici, persino il mio stesso riflesso. Manipolo come chi respira. E lo faccio con convinzione. Perché credo in quello che sto cercando di fare."

— "Sai che questo ti uccide, vero?"

— "Certo che lo so. Ma è lì che entra in gioco il nucleo."

— "Il nucleo?"

— "Sì, il nucleo duro. Quelli che non si tradiscono. Quelli che ci conoscono prima che imparassimo a mentire e manipolare. Quelli che ci riconoscono anche quando siamo travestiti da figli di puttana. Quelli che reggono lo sguardo quando ormai nessuno ci guarda senza diffidenza. Tu. Toscin. Don Pablo, se fosse vivo. Mia sorella. Sono pochi. Cinque, al massimo."

— "E cosa cambia?"

— "Tutto."

Lo guardai con la calma feroce di chi sta dicendo una verità impossibile e continuai.

— "Se vi tradissi, smetterei di esistere. Letteralmente. La mia sanità mentale dipende dal sapere che c'è un punto dove non manipolo e non mento. Un punto che mi ancora. Un punto che, anche quando tutto brucia, mi permette di sapere chi sono stato. Se vi mentissi, non mi resterebbe niente. Né nome. Né dolore. Né identità. Né scopo. Solo il vuoto."

Rodrigo tacque. Guardò il cielo come chi consulta una bussola.

— "È per questo che mi tieni vicino?" chiese, senza ironia.

— "È per questo che mi ricordo ancora come si piange. Perché c'è gente che mi vedrebbe piangere e non userebbe questo contro di me."

— "Già," disse lui. E rise. Ma fu una risata salata. Una risata di perdita. Una risata che graffia dentro.

Passammo davanti a una fermata dell'autobus dove due adolescenti si baciavano con il fervore di chi ancora crede nell'eternità del tocco. Per un secondo, li invidiai. Ma subito mi passò. Loro ancora non sapevano il prezzo della resa. Non erano ancora stati usati come moneta di scambio.

— "Sai cosa mi spaventa di più in tutto questo, Rodrigo?"

— "Cosa?"

— "Non è perdere. Ho già perso troppo per spaventarmi di quello. È perdere il criterio. È non sapere più chi è affidabile. È cominciare a guardare tutti con la stessa metrica. Se succede, sono fottuto. Perché allora non c'è più nucleo. E se non c'è nucleo, non c'è niente."

Lui annuì. Poi mi guardò di lato.

— "E se un giorno ti tradissi?"

— "Ti ammazzo," gli dissi con un sorriso.

Lui sorrise anche.

Ma sapevamo entrambi che non era una battuta.

Il telefono vibrò. Toscin. Messaggio criptato.

"Ricevuto. Ezar ha risposto con un emoji di coltello. Credo sia di buon umore."

Cancellai il messaggio.

Respirai a fondo.

C'era una strana calma in tutto questo. Una serenità velenosa. Come chi sa che non sta più giocando — sta incendiando la scacchiera.

E a volte, solo così si vince.

9

Influenza a Bruxelles
Bruxelles, 2 giugno 2025

Bruxelles odorava di tappeto inzuppato, di digestione ruminante di un potere senza volto. La muffa si infiltrava nelle giunture dei palazzi e si fissava sull'epidermide di chi lì fingeva di decidere. Voci bianche, grafici assetati di verità e silenzi armati fino ai denti.

Francesca era appoggiata al rosso allerta dell'insegna: "THON PASSAGE 75". Non si toglieva gli occhiali da sole, come se la città la ferisse. Dietro di lei, la facciata sembrava una costruzione interrotta a metà del dubbio — finestre disallineate, cemento lavato in fretta. Era un hotel incastrato tra uffici di eurocrati e caffè di fretta. — "Non ha aperto niente," mormorò. "Mi ha dato due powerpoint e un sorriso."

Non c'era bisogno di chiedere chi. La donna della DG CONNECT — quella che controllava il gruppo di lavoro con le piattaforme, i dati, l'algoritmo e il sorriso di plastica dei workshop. Francesca mi passò un dossier A4, semplice, senza logo né nome in copertina. Lo aprii come chi disinnesca una bomba. C'era silenzio e odore di toner fresco.

Si chiamava Klara van Eyck. Aveva 36 anni. Nata a Gent. Lavorava da otto anni nell'unità Piattaforme Digitali della DG

CONNECT. Era single. Senza figli. Il padre era un ex poliziotto in pensione. La madre era morta presto — cancro al pancreas. Il fratello viveva in Canada. Lei aveva un gatto. Si chiamava "Thoreau".

Era il tipo di donna che legge più di quanto parla. E che parla poco perché nessuno la ascolta. Nei corridoi della Commissione era conosciuta come competente, ma senza presenza. Senza posa. Senza voce. Il tipo di persona che sa tutto e a cui non chiedono mai un'opinione. Il tipo di persona a cui nessuno fa caso — finché non è troppo tardi.

Le foto allegate non aiutavano: occhi azzurro pallido, occhiali dalla montatura sottile, dorata. Forma esagonale, lenti larghe, come se il mondo dovesse essere ingrandito per poter essere tollerato. Capelli castano chiaro con ciocche più chiare, raccolti in modo asimmetrico. Camicia a maniche lunghe, floreale in blu e bianco. Bottoni chiusi fino all'ultimo. Orecchini piccoli, quasi invisibili. L'espressione? Un misto di tenerezza e timidezza, come chi chiede scusa per occupare spazio.

— "E?" chiesi, sfogliando le ultime pagine, dove c'erano i progetti su cui lavorava. C'erano riferimenti al DSA, sì. E a X.

Francesca si inclinò leggermente.

— "Tutti i giorni, o quasi," disse, con quel tono stanco di chi ha già indagato troppo, "fa colazione all'EXKi. Proprio lì davanti."

Annuii con un mezzo sorriso.

— "Lo conosco bene. L'EXKi, lì, in Rue de la Loi, è quel tipo di cibo sano. Ho fatto lì molte colazioni quando lavoravo alla DG-FISMA. Proprio qui accanto."

Lei non rispose. Rimase a guardare il movimento lento delle auto che uscivano da Rue d'Arlon, dove gli autisti sembrano sempre sapere più dei Commissari.

— "Allora è deciso," dissi, mentre piegavo il dossier e lo infilavo nella tasca interna della giacca. "Lasciamo questo a lunedì mattina. Vado io da lei."

Il sorriso di Francesca fu breve. Un lampo che non illumina nulla.

Lunedì.

Il cielo aveva quel colore da topo annegato. Rue de la Loi era intasata di gente di fretta e cartelle grigie. Ombrelli, giacche a buon mercato e facce pallide. La pioggia era sottile, quasi gassosa. Un'umidità da dentro a fuori.

L'EXKi era impregnato di un rumore passivo-aggressivo: vassoi che sbattono sui tavoli, gente che mastica e finge di non sentire. L'odore era quello di sempre — pane tiepido, tè verde riciclato e una lieve traccia di frustrazione. Scelsi un tavolo in fondo, contro il muro, alto e di legno consumato. Da lì vedevo tutto senza essere visto.

Lei arrivò alle 08:42. Puntualità nevrotica.

Capelli umidi, raccolti con una molletta economica. Giacca blu scuro, troppo stretta sulle spalle. Pantaloni che cercavano di essere classici, ma tradivano un'esitazione tra austerità e desiderio di essere notata. Nella mano sinistra teneva un libro. Proust. Ovviamente. E il vassoio: baguette con uvetta e brie; yogurt di soia; e acqua.

Mi sedetti accanto a lei. Non di fronte — accanto. La distanza tra sconosciuti ben educati. Mi inclinai leggermente, solo quanto bastava perché il mio profumo si infiltrasse nella sua bolla.

— "Scusa. È davvero pieno qui... posso?" chiesi, con voce bassa, quasi intima.

Lei esitò. Il tipo di esitazione che nasce da una vita intera passata a chiedere il permesso di esistere. Poi fece cenno di sì.

Mi sedetti senza fretta. Allungai la mano. Non come chi si presenta. Come chi invade.

— "Leilac," dissi.

— "Klara."

I suoi occhi non fissavano i miei. Vagavano. Cercavano di capire se mi riconoscevano da qualche schermo o avviso interno. Le feci un sorriso — il terzo migliore che ho. Il primo lo riservo alle donne pericolose. Il secondo, a quelle che so che mi mentiranno. Il terzo... per queste. Quelle che ancora non sanno cosa hanno perso.

— "Brie e uvetta," dissi, indicando la baguette. "Classico di Bruxelles."

Lei alzò le spalle.

— "È facile."

— "È musicale."

Lei rise. Una risata senza suono, solo un sollevare il labbro sinistro. Poi bevve un sorso d'acqua. Le guardai la mano. Unghie pulite. Senza smalto. Nessun anello. Le dita tremavano leggermente.

— "Lavori qui vicino?" chiesi.

Lei annuì. Solo quello.

— "In una DG qualsiasi?" azzardai.

Questa volta mi guardò. Quegli occhi azzurro chiaro di chi non ha mai visto davvero il mare.

— "Sì... come fai a saperlo?"

— "Non lo so," mentii. "Ma hai detto Klara. E hai proprio quell'aria da DG."

Lei sorrise di nuovo. Iniziò a mangiare la baguette, con delicatezza. Un pezzetto piccolo, masticato con senso di colpa.

— "E tu?" chiese.

— "Scrivo," dissi, come chi lancia un'esca. "E a volte faccio consulenze. Ma scrivo."

— "Scrivi... di cosa?"

— "Di… romanzi e thriller… e libri per ragazzi. Spionaggio, giustizia, amore. Quelle cose lì."

Lei rimase in silenzio.

Poi guardò l'orologio.

— "Devo andare."

Ma non si alzò.

Rimanemmo lì, in quel silenzio che gli altri non capiscono. Le sue mani irrequiete. Il respiro leggermente accelerato. E allora, con un impulso allenato:

— "Ceni con me stasera."

Lei aprì la bocca. La richiuse. Gli occhi tentarono di fuggire. Ma poi annuì, prima ancora che la testa lo facesse.

— "Ok. Ma... non è un appuntamento."

— "Certo che no," risposi. "Allora, al Quincaillerie, a Chatelin. Alle otto."

Lei si alzò. Prese il vassoio e uscì, in fretta, senza guardare indietro.

Rimasi lì ancora un po'. A guardare la sedia ancora calda.

Sapevo che sarebbe venuta.

Si presentò.

Puntuale. Alle otto in punto.

La Quincaillerie ci accoglieva con quell'imponenza belga di chi ha ereditato ferro e vetro dal XIX secolo e ha imparato a venderlo come charme contemporaneo. Era una vecchia drogheria industriale, trasformata in ristorante borghese. Lampadari appesi come cuori meccanici, tavoli stretti e un servizio che parla francese con un'arroganza che si estende anche alla carta dei vini. Era il posto perfetto. Niente era sincero, lì.

Lei indossava un vestito nero senza forma. Aveva fatto uno sforzo. Il trucco tradiva i suoi occhi — troppo rimmel, troppo desiderio di essere un'altra. Le scarpe erano consumate in punta. I capelli, sciolti, sembravano essere stati spazzolati in fretta e poi puniti dal nervosismo. Gli occhiali erano ancora lì, come se non sapesse vivere senza quel confine tra sé e il mondo. Si sedete di fronte a me con il corpo rannicchiato, come se chiedere spazio fosse chiedere perdono.

— "Non lo faccio mai, questo," mormorò.

— "Meno male," dissi io. "Mi piace essere un'eccezione."

Il cameriere arrivò con il menu. Ordinai un vino rosso — Saint-Joseph. Lei esitò. Alla fine accettò. Mi vide scegliere il piatto. Avrei dovuto ordinare il ris de veau, come i locali, ma indicai il risotto aux cèpes et truffe. Lei scelse un linguini con verdure. Cliché di chi si sente in debito con il proprio corpo.

La conversazione iniziò nel vuoto: il tempo; Bruxelles; la luce stanca delle strade a quell'ora.

— "Di cosa ti occupi, esattamente?" mi chiese, tirando fuori la sua funzione difensiva.

Sorrisi, sollevai il bicchiere e mi sporsi sul tavolo.

— "Non oggi," dissi. "Oggi non parlo di lavoro. Non parlo di libri, né di reti, né di algoritmi e nemmeno del mondo là fuori. Solo noi. Se non ti dispiace."

Lei arrossì. Bevve. Fece una risata breve, maleducata dentro.

— "Sei sempre così con le sconosciute?"

— "Mai. Ma tu... non sembri affatto una sconosciuta."

Silenzio. Breve.

Lei giocherellava con il bordo del piatto usando la forchetta, come se stesse disegnando vie di fuga. Io osservavo ogni suo gesto. Non per memorizzare. Per misurare la portata.

E quando il vino era già al secondo bicchiere, le dissi quello che dovevo dire.

— "Sai di essere bella, vero?"

Bugia. Era brutta come il cazzo. Ma in quel contesto — luce calda, alcol e desiderio sopito — la frase colpì come doveva. Lei la ingoiò come una pillola che voleva credere di dover prendere.

— "Nessuno me lo dice... da... tanto tempo," sussurrò, senza sapere cosa fare con le mani.

Mi inclinai un po' di più.

— "Allora quelle persone non ti hanno guardata bene."

La cena continuò. La notte si installava. La musica del ristorante svaniva nel brusio delle altre coppie. Io sorridevo solo quando dovevo. Le toccavo la mano con le dita fredde del calcolo. La guardavo come se vedessi in lei un segreto. Fingevo incanto. Fingevo tenerezza.

— "Casa mia non è lontana da qui," disse lei, quando arrivò il conto.

— "Ottima notizia."

Pagai in silenzio. La strada era umida, ma non fredda. L'aria aveva quell'odore di città che finge di essere pulita.

Camminammo insieme, piano, per le vie di Chatelain. La città sembrava stranamente quieta. Lei andava leggermente avanti, senza sapere se doveva darmi la mano o no. Io lasciavo quello spazio apposta. Lei aveva bisogno di credere di guidare qualcosa.

Salimmo le scale del suo palazzo senza dire nulla.

Quando la porta si chiuse alle nostre spalle, lei posò la borsa come chi abbandona un ruolo. Si tolse le scarpe. Mi disse, quasi vergognandosi:

— "Vado a farmi una doccia veloce."

Annuii. Sorrisi. Finsi di essere stanco e soddisfatto.

Il suono dell'acqua iniziò a scorrere.

E lì, finalmente, smisi di recitare.

Il suono dell'acqua riempiva l'appartamento con una specie di innocenza bagnata. Il vapore cominciava a scappare dalla fessura della porta del bagno come se volesse fuggire prima di me. Mi sedetti sul divano solo il tempo necessario a sembrare che sarei rimasto. Poi mi alzai. Il soggiorno era piccolo, troppo ordinato. Come se ogni cosa fosse stata messa lì per paura di disturbare.

Il portatile era appoggiato sul tavolo. Aperto. Il coperchio socchiuso come un segreto mal chiuso.

Lo toccai con la punta delle dita. Era caldo.

Nessuna password.

Il Chrome si aprì come un corpo abituato alla sottomissione. Tutti i login salvati. Tutti i cookie intatti. Bastò aprire la cloud. Il browser, fedele e stupido, inserì automaticamente la password. Klara non si aspettava visitatori. O, forse, si aspettava solo un certo tipo di visitatori.

Entrai.

In una cartella senza nome, tre sottocartelle. Due irrilevanti — presentazioni, verbali e preventivi.

La terza: "Q1_Interne_Review_DSA".

Aperta.

Il file era lì. "Draft_Restricted_Notes_X_2025".

Lessi in diagonale, da addestrato. Righe dure. Freddo europeo che ha paura di dire troppo.

"La piattaforma X si trova in potenziale violazione degli articoli 16, 17, 20, 23 e 24 del Digital Services Act. Assenza sistematica di meccanismi di controllo su contenuti virali con caratteristiche di escalation emotiva e profilo di vulnerabilità. Alto rischio per la salute mentale degli utenti tra i 12 e i 24 anni. L'algoritmo rifiuta trasparenza nei criteri di raccomandazione. Rapporti manipolati. Mancanza di risposta chiara da parte dell'azienda."

Ma non era il contenuto a soffocarmi.

Era ciò che stava ai margini.

Note manoscritte digitalizzate. Piccole correzioni. Sigle.

"PeterN?"

"TancrP = Tancredi? Confermare."

"Dossier inviato per revisione parallela (sezione 6.1). Non informare FISMA o COMP prima della riunione di allineamento."

E, in un angolo quasi cancellato, con una scrittura inclinata e senza esitazioni:

"TP dice che Obama avvisato — allineamento diretto con Navarro. Confermare."

La gola mi si seccò.

Navarro. Peter.

Il canale con Musk? O il cavallo di Troia dall'altra parte?

Copiai tutto nel Virtual Data Room. Cartella "GROTESK". Encrypt. Upload.

Chiusi il browser. Cancellai la cache. Falsificai l'orario di login. Cancellai gli ultimi tre accessi. Rimossi l'auto-fill. Riavviai il portatile con il tempo di inattività regolato.

Il suono della doccia cessò.

Il cuore mi strinse l'orologio contro il polso.

Chiusi il portatile con precisione chirurgica. Feci due passi indietro. Tornai sul divano. Riposizionai la mia giacca. Respirai. Mi alzai come se dovessi solo andare in bagno. Ma mi voltai verso la porta. La sbloccai piano. Uscii.

Non sbattei la porta. Non lasciai ombra.

Andai via.

L'aria della strada aveva la consistenza di una sconfitta soffocata.

Camminai senza fretta fino all'hotel. La zona del rond-point Schuman era quasi deserta a quell'ora. Un tassista dormiva appoggiato a un pilastro. Un poliziotto fumava, distratto, davanti al Berlaymont. La facciata dell'hotel tremava con l'illuminazione funzionale di una città che non dorme mai, solo russa.

Entrai.

La porta automatica sussurrò il mio nome, quasi complice. Il pannello rosso del "THON PASSAGE 75" era ancora lì a segnare il passaggio.

Dentro, lei aspettava.

La Francesca. Seduta su uno dei divani bassi della lobby, gambe incrociate, giacca di pelle appoggiata sul bracciolo come una minaccia elegante. Aveva un bicchiere in mano. Un whisky. O qualcosa che voleva sembrare tale. Guardava il telefono, ma non lo leggeva.

Alzò gli occhi quando mi avvicinai. Erano freddi. Ma il fondo era agitato.

— "Ha dormito bene?" chiese, senza ironia, ma senza nascondere che non era una domanda.

Mi sedetti accanto a lei. Non dissi nulla subito. Guardai fuori dalla finestra, era buio là fuori. Era l'Unione Europea che si nascondeva da sé stessa.

— "Lei è andata a farsi la doccia," le dissi. "E io sono andato sul portatile."

La Francesca non batté ciglio.

— "Hai trovato?"

— "Ho trovato. Draft interno. Con annotazioni. Gravi."

Lei bevve un sorso. Lento.

— "E...?"

— "Navarro. Tancredi. Ci sono. Almeno, ai margini."

Lei rimase in silenzio. Passò il dito sul bordo del bicchiere, come chi tasta la mappa di un campo minato.

— "Lei lo sa?"

— "No."

— "E la rivedrai?"

Scossi la testa. Non sapevo se per risposta o per stanchezza.

— "Non sei andato a letto con lei," disse all'improvviso.

Non era un'accusa. Era una constatazione.

Annuii.

Lei rise, senza allegria.

— "Sei un uomo diverso."

— "O solo più stanco."

Lei si inclinò. Si avvicinò abbastanza perché il suo profumo mi attraversasse il petto.

— "Se vuoi, possiamo andare nella mia stanza."

Non ci fu esitazione. Né dubbio. La frase fu lanciata con la stessa freddezza con cui si consegna un rapporto. Era una proposta. Ma anche un test. O forse un avvertimento.

Sorrisi. O finsi.

— "Domani dobbiamo fare, presto," dissi soltanto.

Lei annuì. Poi guardò di nuovo il telefono. E mi lasciò lì, come chi non è mai rimasto.

10

La Facciata di Calle de Jorge Juan
Madrid, 5 giugno 2025

La Calle de Jorge Juan mi è sempre sembrata un viale senz'anima, un prolungamento esausto del corpo morto della città. Le facciate lì — pulite, geometriche, chirurgicamente dipinte in toni di grigio e bianco — mascherano meglio della maggior parte delle donne con soldi e paura di invecchiare. E il nostro ufficio... era un'altra di queste maschere. Facciata numero 36. Senza insegna. Senza citofono. Si entra solo se si conosce il codice o se si viene spinti da qualcuno che è già dentro. Un luogo tanto privo di identità quanto le decisioni che lì si prendono.

Il legno scuro della porta — che Angel diceva essere teak africano, ma che io ho sempre sospettato fosse faggio verniciato — era socchiuso. Javier doveva già essere arrivato. Anche la Francesca. Entrai senza bussare, come chi entra in una casa dove l'intimità è stata sostituita da transazioni tacite. Ognuno di noi lì dentro recitava una parte. E lo sapevamo tutti. Ma fingevamo di dimenticare. Perché è più facile tradirsi a poco a poco che affrontare la nudità cruda della verità tutta in una volta.

La stanza odorava di metallo vecchio e di vernice fresca, dopo le ristrutturazioni. Un contrasto che mi dava la nausea. Come vomitare parole in una lettera e poi profumare la busta.

Angel era vicino alla finestra, braccia incrociate, a osservare l'incrocio laggiù con lo sguardo di chi ha già calcolato tre vie di fuga possibili e due tradimenti probabili. Rodrigo sfogliava un dossier. La Francesca mordeva la punta della penna come se questo le impedisse di parlare. Tancredi non c'era. Ancora.

— "Sapete che tutta questa merda sta per saltare, vero?" — dissi, senza buongiorno.

Angel rispose senza voltarsi:

— "Tutto salta, Leilac. La differenza è chi controlla il momento e la forma."

Mi sedetti. La sedia era stata cambiata. Più dura. Più dritta. "Per correggere la postura", aveva detto la Francesca. La verità? Era per assicurarsi che nessuno si accomodasse. Né al posto. Né alla menzogna.

Rodrigo mi guardò, esitante.

— "Tancredi è in ritardo," mormorò.

— "Forse non viene più," suggerii.

— "Dubito. Non manca mai a una recita quando è lui ad aver scritto il copione," ironizzò Francesca.

La porta si aprì in quell'istante. Entrò come se la stanza fosse il prolungamento della sua colonna vertebrale. Senza esitazione. Senza chiedere permesso. Indossava una giacca blu navy sopra una camicia bianca senza pieghe. Non sorrideva. Non sorrideva mai. Si sedette. E solo allora parlò:

— "Cominciamo."

La riunione si svolse come tutte le altre. Carte. Scadenze. Fondi. Strategie. Il solito gioco di prestigio tra legalità e intenzione. Ma fu Francesca a rompere la vernice. Abbassò la penna. Incrociò le braccia. E domandò:

— "E tu, Tancredi? Chi ti finanzia?"

Silenzio. Anche il ventilatore smise di fare rumore. Rodrigo alzò la testa lentamente. Angel fece quel gesto che solo lui sa fare — un sopracciglio alzato che serve sia a chiedere silenzio che a dichiarare guerra. Io? Rimasi fermo. A gustare il rischio.

— "Scusa?" — chiese Tancredi, con un tono che non chiedeva ripetizione, ma piuttosto scusa anticipata.

— "Chi paga la tua parte?" — insistette lei. — "Perché qui non si tratta solo di Musk o di Ambezzo. Qui c'è odore di qualcos'altro."

Tancredi non rispose. Prese un documento. Lo sfogliò. Poi lo posò con una calma assassina.

— "Francesca… sai quando qualcuno chiede se ti fidi? È perché non si fida più."

— "O perché non si è mai fidato," dissi io.

Si voltò verso di me. Quegli occhi — quasi vulcanici, quasi senza fondo — si fermarono sul mio volto come chi cerca crepe.

— "C'è qualcosa che vuoi dire, Leilac?"

Mi alzai.

— "Non ora. Non qui. Ma non pensate che io giochi in un mazzo dove le carte sono tutte dallo stesso lato."

Javier mi guardò. I suoi occhi non chiedevano spiegazioni. Si limitavano a confermare che aveva preso nota. Come un notaio della guerra. E diciamolo, chi comandava davvero lì dentro era lui.

Dopo la riunione, andai nell'ufficio accanto. Chiusi la porta. Accesi il Bittium. Quella sicurezza assurda mi aveva sempre fatto sentire come un ragazzino con un walkie-talkie in una guerra inventata.

— "Parla."

Era la Toscin. Sapeva già che ero io. Sapeva già perché.

— "Passami sul canale sicuro," chiesi. Il secondo canale. La linea che non tutti sapevano esistesse.

Dall'altra parte, una sequenza di clic. Poi, il suono metallico della voce di Ezar.

— "Finalmente," disse lui, senza cerimonie.

— "Hai tutto?"

— "Ho tutto. Tutto pronto. L'arbitro che ha fregato il Don Pablo… è marcio. Dal 2019 che ha... beh, dovresti sapere a cosa mi riferisco. È già tutto piantato."

— "Merda."

— "C'è altro. Viaggi pagati. Cene con avvocati del Brash. Collegamenti indiretti con la CMVM."

— "È più che sufficiente. Ma non fare nulla."

— "Scusa?"

— "Non ancora. Continua a raccogliere. Ma non attacchiamo adesso."

Silenzio. Quasi sentivo Ezar mordersi la lingua.

— "Vuoi che il tipo muoia senza sapere perché?"

— "Voglio che il mondo dimentichi quello che ha fatto. E quando succederà... quando sarà solo un altro nome in un vecchio PDF, allora sì. Lì sì. Comincerà a cadere."

— "Vuoi che sia irriconoscibile. Inesplicabile."

— "Esatto. Il tempo deve essere abbastanza distante da tagliare ogni legame di sospetto."

— "Questa è pazienza o sadismo?"

— "È metodo. Lo sai. Conosci il mio metodo."

Ezar non rispose subito. Poi disse:

— "Quando vorrai che smetta di esistere, basta una parola."

— "Quella parola arriverà. Ma non oggi. Fino ad allora, osserva. Registra. Scava. E prepara."

Riattaccai. Rimasi lì. Con il telefono in mano. Il sangue che scorreva più lento. La sensazione che, in quel momento, stessi scegliendo di essere qualcosa di diverso. Forse meno giusto. Forse più efficace.

Richiamai la Toscin.

— "Ho bisogno di te."

— "Cosa?"

— "Qualche novità su Mariangela?"

Il rumore della tastiera dall'altra parte si fermò. Toscin respirò.

— "Niente. Stiamo ancora seguendo due piste, una in Germania. Ma l'ultima volta che qualcuno l'ha vista era a Milano, in aeroporto, con Chiara."

— "E Don Pablo?"

— "Niente nemmeno lì. E la moglie, che era in Inghilterra, è sparita anche lei. L'ultima volta è stata a Heathrow. Non è salita su nessun volo commerciale."

— "Qualche cadavere è già arrivato a riva?"

— "Non ancora. Ma la marea sta cambiando."

Rimasi in silenzio. Poi aggiunsi:

— "Se la Mariangela dovesse saltar fuori, voglio saperlo. Subito."

— "Certo."

Il telefono rimase muto. L'eco di Toscin mi rimbombava ancora nelle orecchie.

Mi alzai. Tornai nella sala riunioni. Mi vedevo lì. Ma non intero. Solo ritagliato. Frammentato. Come tutti quelli che operavano lì dentro.

La giustizia... era solo il nome che davamo al palcoscenico. Ma quello che si faceva lì... era un'altra cosa.

Era teatro.

Era vendetta.

Era sopravvivenza.

Era la facciata.

E dietro quell'edificio, nessuno era innocente.

11

Il Consiglio Invisibile
Vila Nova de Gaia, 9 giugno 2025

Era lunedì. E mia sorella compiva 44 anni. Io c'ero. Sorriso pronto, discorso breve, regalo scelto da qualcuno della FNAC perché ormai non so più regalare niente che non sia un silenzio. Ho finto di essere un altro — il fratello tenero e distratto. Lei ha riso e ha fatto foto. Io ero mascherato con la mia faccia, ho abbracciato mia nipote, già di due anni e mezzo.

Francesca mi aspettava nel tardo pomeriggio, all'Ar D'Mar, appoggiato al mare, vuoto di gente e pieno di vento. Portava un foulard in testa, come le donne che hanno sopravvissuto a due matrimoni e a una guerra.

Mi sono seduto. Ho ordinato un bicchiere di bianco, servito male. Lei ha sorriso, ma solo con metà della faccia.

— "Stai invecchiando," disse.

— "Sono solo più stanco."

Lei si tolse gli occhiali da sole. Gli occhi erano lì, vivi e indecifrabili. La prima cosa che mi disse dopo fu:

— "Il caos non è una conseguenza. È una strategia."

Rimasi a guardare il mare, dove nessuno nuotava. Le onde si abbattevano contro il molo come se fossero arrabbiate col passato. La sua voce continuò:

— "Samuel Benson, Matin Rubik, Thommas Cooper... non sono idioti. Sono incendiari. Vendono estintori dopo aver acceso il fiammifero. L'idea non è dominare. È disorientare. Creare paura. Distruggere l'idea che esista un centro."

— "Qualcosa di nuovo?"

Notai le sue mani tremare quando toccò il bicchiere. Non era paura. Era eccesso di lucidità.

— "Vuoi sapere come si abbattono le democrazie?"

— "Dimmi."

— "Sfasciando la realtà. E poi mettendone un'altra al suo posto. Una che sembri vera, ma che non si possa mai provare."

Sospirai. Il mare non dava tregua. Né metafore. Le chiesi:

— "Stiamo attaccando X, Tesla e Ambezzo allo stesso tempo. È così?"

Lei annuì con la testa.

— "Con l'aiuto di chi?" mi chiese.

— "Di chi ha interesse a vederli cadere. Antoine Jeannot è ancora con noi. C'è un giurista belga che sostiene di avere prove del coinvolgimento di X in campagne di disinformazione russe."

— "E tu gli credi?"

— "No. Ma credo che le prove, vere o piantate, saranno utili."

Respirai a fondo. L'ironia del mondo è che la verità è irrilevante quando la narrazione è malata. Continuai:

— "La democrazia non è più questione di voti," mormorai. "È questione di chi riesce a creare l'incendio perfetto per poi vendere l'estintore."

Lei mi guardò, seria.

— "Dobbiamo incendiare con cautela. Non possiamo bruciare con loro."

Più tardi, in hotel, sono entrato nel sistema con il nome utente "PaxRomana3". Toscin aveva lasciato una cartella intitolata "Shadow Court". Dentro, una mappa di relazioni: nomi, frecce e transazioni. Gli Stati Uniti, o ciò che ne restava, erano un animale a più teste — e ognuna mordeva il corpo senza sapere perché.

Samuel Benson era collegato alla Bluesky PBLLC tramite una società di lobbying con sede a Tallahassee. Matin Rubik gestiva un fondo di criptovalute dove tre degli investitori erano russi con legami all'esercito di Wagner. Thommas Cooper controllava il 72% di una società di cybersicurezza che condivideva server con un subappalto della NSA. Kevin Alejandro, quello, era un'ombra con licenza. Ex-NSA, ex-DHS, ex-marito di una senatrice. Ora dirigeva la TETRAGRID, una corporation con più ingegneri della stessa agenzia federale.

La frase che mi gelò era nel mezzo di un rapporto interno:

"Non comprano politici. Loro sono il governo. Solo che nessuno ha firmato le carte."

Rimasi a fissare lo schermo. La verità, lì, esposta, sembrava fiction da quattro soldi. Ma era così: il mondo era diventato talmente ridicolo che qualsiasi denuncia sembrava una sceneggiatura scartata da Netflix.

E Tancredi? Il suo legame col gruppo cominciava a sembrare una storia d'amore nascosta. C'erano messaggi tra lui e Peter Navarro, datati due anni prima. Non espliciti, ma suggeriti. Frasi troncate, parole cifrate, una foto di una cena con tovaglioli del Watergate Hotel.

Riattaccai.

La testa pulsava. La realtà era uno specchio infranto e io ero solo un altro riflesso che cercava di sembrare intero.

Il giorno dopo andammo fino al parcheggio sotterraneo vicino alla Torre dos Clérigos. Era il luogo concordato. L'uomo, americano, venne da solo. Giacca marrone, mani in tasca, occhiali da lettura e quello sguardo che hanno solo quelli che sono sopravvissuti all'Afghanistan e alla Commissione del Senato.

— "Leilac Leamas," disse, come chi recita un nome che ha già letto troppe volte.

— "Buon pomeriggio."

Francesca rimase in macchina. Solo io scesi. Lui mi porse una busta. Carta spessa. Sigillata con ceralacca.

— "Qui dentro trovi un riassunto di quello che X sta facendo al sistema nervoso dell'Europa."

— "E perché me lo dai?"

Lui rise.

— "Perché io non sono né del bene né del male. Sono dell'ordine. E ora l'ordine ha bisogno di te."

— "E poi?"

— "Poi verrai scartato. Come sempre."

— "E tu?"

— "Io sono già morto. Solo che nessuno me l'ha ancora detto."

Prese il telefono, digitò qualcosa e disse:

— "Alle 19:30 di oggi, una donna cercherà di ucciderti. Sulle Scale del Codeçal. Non andarci. Cambia percorso. Scegli un'altra fermata."

— "Come fate a sapere che passerò di lì, a quell'ora?"

— "Hai una cena fissata per le 20 alla Ribeira, ma alle 19:30 sei ancora alla Lusófona. Non prendi un Uber e non guidi. Cammini. Ti piacciono i panorami. Ti piace scendere con calma. Ti piace pensare, da solo, camminando."

— "E chi è lei?"

Lui alzò le spalle.

— "Qualcuno che vuole vedere cadere Musk. Ma che non crede che tu sia degno di farlo."

— "E perché?"

— "Perché scrivi lettere e libri. Ti esponi troppo."

Se ne andò. Io rimasi lì, con la busta in mano, sentendo che quello era solo un altro capitolo di un libro che dovevo davvero iniziare a scrivere.

Non dissi nulla a Francesca della minaccia.

Più tardi, chiamai Toscin.

— "Ho ricevuto una minaccia indiretta."

— "Da parte di chi?"

— "Di un alleato."

— "Allora non è una minaccia. È un avvertimento."

— "Ha detto che alle 19:30 sarei morto."

— "Ascoltami bene. Se l'americano ti ha dato questo, non è simbolico. Cambia i tuoi passi."

— "Già fatto."

— "Cosa c'era nella busta?"

— "Riassunto tecnico. Prove della vendita di X tra società di Musk. Algoritmi condivisi con Tesla. Si conferma che Ambezzo è coinvolta. Ingegneria del consenso. Una serie di cose."

— "Cosa?"

— "Manipolazione emotiva programmata. Tesla fornisce potenza di calcolo. Ambezzo apparentemente i dati. X i trigger di comportamento. È un triangolo di controllo."

— "Stai parlando di comportamento umano?"

— "Sto parlando di guerra senza carri armati. Guerre vinte con trending topics."

Silenzio.

— "E ora?"

— "Ora, aspetto la prossima mossa. O faccio la mia."

— "Devi solo decidere una cosa."

— "Cosa?"

— "Se sei ancora un uomo o se ormai sei solo un operativo."

Riattaccammo.

Rimasi a guardare il riflesso nel vetro. La mia faccia era lì. Ma non sapevo più se fosse davvero la mia.

I due giorni che seguirono furono la costruzione meticolosa di un vuoto operativo — quel tipo di silenzio che non si sente, ma che si struttura come una trappola fatta di decisioni sospese. Ogni movimento era calibrato. Ogni parola, trattenuta. Persino il caffè sapeva di prova generale.

Toscin mi teneva informato come un cuore artificiale: pulsava solo quando necessario. I rapporti arrivavano puliti, con annotazioni secche e codici ridondanti che solo noi sapevamo decifrare. Lei lo chiamava "la fase dei vermi". Quella in cui il cadavere sembra ancora intatto ma sta già venendo divorato dall'interno. Il cadavere, in questo caso, era quello di X e di Ambezzo. Quest'ultima con Rodrigo che avanzava con forza nelle azioni collettive, che stavano anche venendo strutturate in Spagna e a Bruxelles.

Francesca, dal canto suo, cominciava a mostrare segni di una stanchezza che non era fisica. Era ontologica. Un esaurimento della persona. Una fatica di dover esistere sempre come molteplice. Alle riunioni, si presentava sempre più silenziosa. Ma osservava tutto.

Quel tipo di silenzio che solo chi ha già ucciso con le parole sa eseguire.

Finì per sfogarsi:

— "Stiamo operando su troppi fronti aperti. Un giorno o l'altro, confonderemo alleati con bersagli."

Annuii. Ma non dissi nulla. Perché era vero.

Una notte, mi svegliai da un sogno: Don Pablo appariva nel mio vecchio appartamento a Porto, scalzo, che odorava di benzina e diceva:

— "Sei stato tu a uccidermi, Leilac. Perché ti sei fidato di chi non dovevi. La tua esitazione mi è costata la bocca, gli occhi e il silenzio."

Mi svegliai sudato. Andai in cucina. Aprii una bottiglia di vino del Douro che tenevo per la fine del mondo. Era la prima volta che bevevo da solo da Palermo.

Scrissi su un tovagliolo:

"La vendetta non è giustizia. È un'imitazione stupida della giustizia assetata di se stessa. Ma comunque, è quello che ci resta quando non c'è più fede."

Piegai il tovagliolo. Lo misi nella tasca della giacca grigia. Sapevo che mi sarebbe servito.

Sapevo che il futuro sarebbe stato sporco.

Sapevo che nessuno ne sarebbe uscito illeso.

12

La Casa Sicura del Lago di Como
Madrid, 13 giugno 2025

Madrid si svegliava sempre con uno strato di polvere sugli occhi. Non era sporcizia. Era stanchezza civilizzazionale. Le strade — troppo dritte, troppo pensate — formavano una specie di algoritmo urbano senza anima. Ero tornato lì per necessità, non per desiderio. Francesca manteneva il comando operativo come una violinista stanca: conosceva la partitura, ma non sentiva più nulla per il suono.

Stavamo preparando l'attacco finale. X, Ambezzo e OnlyPorn. Quest'ultimo nome mi faceva ancora sorridere, non per il contenuto — che non mi ha mai interessato — ma per la caricatura che rappresentava. Un simbolo grottesco di tutto ciò che volevamo schiacciare: la volgarizzazione algoritmica della carne, della verità e della dignità. Ma quel giorno, fu Rodrigo a tirarmi fuori dalla spirale:

— "OnlyPorn vuole un accordo."

Fu come se avesse detto che il circo aveva chiesto scusa per le pagliacciate.

— "Vuole cosa?" chiesi, con quel tono di chi già indovina la risposta.

— "Accordo. Termini accettabili. Nessuna ammissione, ma c'è un risarcimento. I danneggiati accettano. E i nostri numeri tornano.

Possiamo chiudere questa."

Rimasi in silenzio. Perché lì, in quel momento, capii che la guerra, a volte, si vince non con le bombe, ma con la stanchezza. Volevamo chiudere fronti. Dare priorità. Lasciare cadere ciò che era solo rumore. E OnlyPorn, nonostante il nome altisonante, era solo rumore. Era per i soundbytes. Per i titoli. Per bollire su TikTok. Ma non cambiava nulla.

Feci cenno di sì. E con questo, chiusi l'argomento.

Fu in quel momento che Toscin mi chiamò. Il suono della chiamata arrivò come un taglio sulla pelle.

— "Lei è stata lì," disse.

— "Eh? Chi?" domandai.

— "Chi? Mariangela, ovvio."

— "Dove? Lì dove?"

— "Nella casa sicura del Lago di Como."

Le parole impiegarono un secondo a depositarsi. Era come sentire un'eco di me stesso, ma di un'altra vita. La casa sicura del Lago di Como. Quella casa. Il mio rifugio. Il nostro rifugio, mio e suo, tante volte.

— "Ne sei sicura?"

— "Sì. È stata discreta. È entrata. Un'unica entrata. Un'unica uscita. È rimasta lì due notti. Da sola."

L'immagine di lei lì... su quel pavimento di legno grezzo, scalza, forse con una vecchia maglia e gli occhi nel vuoto. Forse ha letto il libro. Forse ha letto la lettera all'italiana— quella del Micas, non la mia, ma che in realtà era mia. Forse ha capito tutto. O niente.

— "Aveva la chiave," mormorai. "L'ha sempre avuta."

— "E tu... pensi che sia venuta a cercarti?"

Non risposi. Perché la risposta era un pozzo senza fondo.

La strada fino al Lago sembrava fatta di vecchi rimpianti. Curve che non ricordano più perché si piegano, ma continuano. L'Alfa Romeo obbediva senza protestare. Il motore conosceva la strada. Io non avevo bisogno di mappe. Quella casa mi era incollata alle ossa.

Pioveva. Pioggia d'estate, rara.

Ma non era una pioggia romantica. Era quella pioggia bagnata del nord Italia, che non si vede nelle fotografie, ma che ti entra dalle caviglie e ti inzuppa i polmoni. La strada di accesso era più stretta di come la ricordavo. Gli alberi sembravano più densi, più alti, come se fossero cresciuti per nascondere la vergogna del tempo.

Parcheggiai a venti metri dalla casa. Per precauzione. Per superstizione. Per paura.

La casa aveva la stessa faccia. Ma con nuove rughe. Le pietre della facciata si erano scurite. Il legno del portico sembrava più consumato. La maniglia della porta, fredda, girava ancora come sempre. La serratura scattò. Entrai.

E lì, in quell'istante, il tempo si ruppe.

L'odore arrivò per primo.

Non l'odore della casa.

Ma il suo.

Di Mariangela.

Non era un profumo comprato. Era qualcosa tra il sale della pelle e l'aceto del disgusto. Era nell'aria. Nelle tende. Nel tessuto del divano. E ancora di più — nel vuoto.

Il salotto era in ordine. Troppo. Quel tipo di ordine che non è da vivere. È da addio.

C'era un bicchiere sul bancone della cucina. Alto. Lavato. Ma non dalla lavastoviglie. Dal tocco di chi ancora sa dove sono le spugne.

Ho aperto il cassetto a destra. C'era ancora il coltello da pane col manico spaccato. Accanto, l'asciugamano. Piegato. Come se lei avesse voluto mantenere il rituale.

Sullo scaffale, il libro di Micas: "O Micas Apaixonado por Italia(na)".

Non avevo bisogno di altre prove.

Lei era stata qui.

E aveva letto.

Salii le scale piano, come chi sale verso un giudizio. La camera era come lasciata mesi fa. Ma c'erano segni. Il cuscino schiacciato. La sedia con una giacca che non era mia, era sua. Lo specchio appannato, come se fosse stato respirato. La finestra socchiusa — come se aspettasse ancora che io entrassi e dicessi qualcosa.

Mi sono seduto sul letto.

Ho chiuso gli occhi.

Ho provato a immaginarla lì.

Forse a camminare scalza. Forse a leggere. Forse a dormire senza sonno.

Ma quello che faceva più male era questo: forse ad aspettare me.

Sono sceso. La veranda dava sul lago. Il cielo era grigio, carico. Ma non minacciava. Era solo un cielo che aveva smesso di drammatizzare. Il Lago di Como si muoveva poco. Come se l'acqua fosse stanca di riflettere turisti e tragedie.

Ho preso il telefono. Ho chiamato Toscin.

— "Lei è stata qui."

— "L'avevi già detto."

— "Ma ora l'ho visto."

— "E che hai visto?"

Ho respirato a fondo.

— "Ho visto che voleva essere trovata."

Silenzio. E poi, la voce di Toscin, come chi tiene in mano un rasoio:

— "O sei tu che sei venuto qui per essere trovato."

Sullo scaffale, c'era un libro fuori posto. Era "Morte a Venezia", di Thomas Mann. Il dorso spaccato. L'ho tirato fuori. Dentro, un foglio A4 piegato in tre.

Non era una lettera.

Era una stampa

Del capitolo 10 di "Micas Apaixonado por Italia(na)".

Aveva sostituito il nome di Micas con Leilac. E quello di Chiara con Mariangela.

La frase finale sottolineata:

> "Il treno cominciò a muoversi, lentamente, il paesaggio iniziò a scorrere dietro i vetri. Il lago rimase indietro, ma non scomparve: si era installato dentro Micas Leilac come una memoria permanente, come il primo bacio dato con Chiara Mariangela, su quel molo di legno vecchio, con il cuore che sbocciava in silenzio assoluto."

Sono rimasto lì. Con il foglio in mano. La carta tremava. Non per il vento. Ma per quello che mi mancava da fare.

C'era un vino nell'armadio. Un vecchio Chianti. Il tappo non ha resistito, si è spezzato. Ma sono riuscito a tirare fuori il resto con la punta del coltello, che per qualche ragione avevo lasciato lì sopra.

Ho riempito due bicchieri.

Ne ho posato uno al suo posto, in veranda.

Sono rimasto con l'altro.

— "Se mi senti… Back (or write)."

Il vento non ha risposto.

Ma la casa… si è zittita di colpo.

Come se stesse ascoltando.

La notte è calata come un telo troppo pesante sulla finestra della veranda. Il lago lì davanti non rifletteva più nulla. Era solo un nero denso, uno specchio rovesciato. Sono rimasto lì, con il bicchiere che perdeva temperatura e la memoria che prendeva densità. Il posto la respirava. Mariangela. Non quella del libro. Quella vera. Quella che scriveva poco e taceva con talento.

Mi sono addormentato, senza sdraiarmi. Senza coperta. Con il corpo piegato come una promessa mal fatta.

Al mattino, il sole entrò come se sapesse che nessuno lo voleva lì. Lento, timido, come un cane che torna dopo essere stato preso a calci. Mi sono alzato con il corpo che scricchiolava. Sono andato al lago. Acqua fredda, i piedi che tremavano e la pelle che protestava. Mi sono lavato la faccia. Sono tornato in veranda. Ho bevuto quello che restava del bicchiere della sera prima. Il vino ora sapeva di carta bruciata. Eppure, l'ho ingoiato.

Ho preso il telefono. Niente da lei. Niente da Toscin. Né da Francesca. Solo una notifica dell'app di criptazione:

"Canale Q03 attivo. Accesso unico."

Era il codice di Toscin. Un canale di breve durata, creato per messaggi che si cancellano. Sono entrato. Solo una riga:

"Lei potrebbe aver interpretato male la lettera."

Sono rimasto a guardare quella frase come si guarda un incidente al rallentatore. Perché un messaggio criptato?

Rividi mentalmente la lettera. Il modo in cui l'avevo scritta. Gli strati, i riferimenti e i codici incrociati. Lei avrebbe letto tra le righe? Avrebbe fatto la trasposizione? Scopello come metafora. Lago di

Como come destinazione? Ma perché? Perché diavolo avrebbe dovuto decifrare un codice che nemmeno io sapevo di aver creato?

Perché era lei.

Perché era la Mariangela.

E forse, forse, forse lei era lì ad aspettarmi. E io... non c'ero.

Andai in camera. Mi sdraiai sul letto. Il suo lato sembrava ancora avere peso. Come se la presenza fosse rimasta impressa nel materasso. E io lì, sdraiato a cercare di capire quanti mancati incontri si possono incastrare in un solo amore.

Mi ricordai della prima notte che abbiamo passato al Lago di Como. La prima che abbiamo passato insieme. In un hotel. Al Grand Hotel Tremezzo. Che casino quella notte, con Chiara.

Poi quella che abbiamo passato in quella casa, quando l'ho comprata per l'offshore. Del vino rosso che abbiamo rovesciato. Del piatto che lei ha rotto perché aveva riso troppo. Dello specchio del bagno appannato con i nostri nomi disegnati in fretta.

E di quello che lei disse quella notte.

— "Il tuo problema, Leilac, è che non entri mai in un posto intero. Entri con il corpo e lasci l'anima fuori dalla porta. Come se la vita fosse da vivere a pezzi."

Lei diceva queste cose a bassa voce, tra un bacio e una provocazione. E io ridevo. Ma non ascoltavo.

Adesso, ascoltavo.

Adesso, ogni sua parola era un'eco nelle ossa.

Tornai in salotto. Presi il libro di Micas. Lo riaprii nella parte in cui il Leilac-Micas guarda Italia(na) e capisce che forse non la capirà mai. Che forse amare è solo questo: non capire, ma restare. E capii che quel libro era una confessione. Una lettera. Una trappola. Una speranza.

Presi una penna. Scrissi a mano, nell'angolo in basso dell'ultima pagina:

"Se torni, lascia il bicchiere sporco. Ho bisogno di sapere che hai bevuto prima di partire."

Chiusi il libro. Lo posai sul tavolo. Uscii dalla casa senza spegnere le luci. Senza chiudere a chiave le porte. L'auto era fuori. Ma io non sapevo più dove andare.

A Milano, nell'albergo economico dove mi ero sistemato — di quelli che fingono lusso con saponette confezionate in francese — ricevetti il messaggio di Toscin:

"Abbiamo verificato la cloud personale di lei. Si è collegata alla rete privata della casa di Chiara, in Toscana, il 12 giugno. È rimasta collegata 20 minuti. L'unico collegamento esterno è stato un PDF inviato a un account ProtonMail. Il nome del file: «UltimoDisfarce_versione_incompleta.pdf»."

Il mio cuore batté fuori posto. Lei aveva letto.

Aveva letto l'"Ultima Maschera". La versione incompleta. Quella che solo Toscin e Francesca avevano. Quella che avevo detto che nessun altro doveva vedere.

Ma lei l'aveva vista.

E il nome del file... in italiano, era una risposta.

Chiamai Toscin.

— "Sai che giorno è oggi?"

— "Lo so. 15, domenica. Che c'è?"

— "Lei ha letto il libro e pochi giorni fa"

— "Sì. E l'ha mandato a qualcuno. Ma non sappiamo a chi. L'account è criptato."

— "E la versione che ha letto... aveva già il capitolo 10?"

— "No. Non aveva ancora la parte in cui disperavi per lei. Ha letto fino al capitolo della piscina. Francesca nuda. Tu che resisti. Finisce lì."

Silenzio.

— "Forse ha interpretato come una fine," disse Toscin.

— "Forse."

— "O forse ha letto quello che non hai scritto."

Rimasi lì, a Milano, ancora un giorno. Poi andai a Brunate. Presi la funicolare. Mi sedetti in un bar con vista sul lago. Ordinai un espresso. Il cameriere non sapeva sorridere, ma portò il caffè fatto bene. Aprii il portatile. Iniziai a riscrivere il capitolo della casa sul lago. La versione reale. Quella che lei non ha mai letto.

Scrissi:

"Mariangela,

se sei passata di qui, allora lo sai. Che la porta è sempre
aperta. Che il bicchiere è ancora qui ad aspettarti. E che
il mio silenzio non era assenza. Era paura.
Se sei ancora viva, VOLTA.
Ma se non riesci... lascia almeno la traccia.
Un profumo. Un asciugamano. Un libro fuori posto.
Qualcosa che mi salvi da me
O scrivi."

Chiusi il portatile. Respirai. Per la prima volta da giorni, respirai.

Mi alzai. La vista sul lago era la stessa. Ma ora, sapevo che lì, in quel paesaggio tranquillo, qualcuno aveva provato a urlare con il silenzio.

E io, idiota come sempre, non ho ascoltato in tempo.

Quando arrivai all'auto, vidi un biglietto sul parabrezza.

Pensai potesse essere di Mariangela.

Una calligrafia femminile, disegnata, secca:

"Bel parcheggio. Ancora ripeti i soliti errori. Prima o poi, 28 passaggi bastano."

Non era firmato.

Ma la calligrafia poteva essere la sua.

Poteva. Ma non lo era. O forse sì?

13

L'eredità del Don Pablo
Chiclana de la Frontera, 17 giugno 2025

Era il diciassette giugno. Compivo quarantanove anni.
E più avanzavo nella curva, più mi sembrava che il corpo fosse un veicolo scassato che si muoveva ancora solo per ostinazione.

Niente telefonate, niente torta, niente candeline. Solo quella merda di sole che sorgeva con la puntualità di un secondino. Ho spento tutto: il mondo, il telefono e la speranza. Ho lasciato acceso il Bittium, ma solo per protocollo. Toscin sapeva che il mio compleanno non si toccava. Nemmeno si respirava.

Ero a Chiclana de la Frontera.

La casa sicura, un tempo una fattoria isolata dove gli aranci si piegano sotto il peso dei frutti, era ora un rettangolo camuffato.

Davanti, tre finestre — due cieche e una esitante — e un generatore che non ruggiva, tossiva. Tossiva come un vecchio che non aspetta più la guarigione.

L'aria, prima dolce e profumata, era ora una brocca densa di zucchero fermentato con arancia marcia sul fondo.

Mi sono svegliato col rumore dei gabbiani isterici che si contendevano l'immondizia in un cassonetto rovesciato. Ho anche provato a ignorare il giorno. Ma non si ignora un compleanno quando ormai è più un avvertimento che una festa.

Doccia fredda. Sessanta flessioni. Tre minuti di plank. Corsa sulla spiaggia. La sabbia, umida, mi si attaccava alle caviglie come vecchi rimpianti. Il cuore ha retto. Ma non ha risposto con la gioia di altri anni. Era lì, ma come qualcuno rimasto solo per dovere. I riflessi non erano più gli stessi. La ferita all'ernia — ricordo di una notte mal raccontata in Belgio — tornava a far male. La spalla destra sembrava voler mollare. Ma il sangue ancora faceva il suo giro. Per poco. Il corpo non mi obbediva più come prima. Cominciava a trattare.

Ho preso la macchina e sono andato a Cadice. Il mare aperto mi dava una falsa sensazione di orizzonte. La città aveva quel profumo di sale, grasso di seppia fritta e turisti con troppe scaglie di crema solare. Le spiagge, disordinate, piene di gente rumorosa e onesta, senza l'insopportabile estetica dei bar sofisticati della Comporta. Gente con sacchetti del supermercato, tavoli di plastica, sedie da spiaggia ereditate e birre calde. Mi sono sentito a casa e allo stesso tempo così distante.

Ho scelto una bettola vicino al mare. Un posto senza nome, con il tendone strappato e un uomo obeso che friggeva ortiguillas de mar con l'aria di chi sa che morirà senza mai essere uscito da lì. Ho ordinato una caña. E un'altra. E un'altra ancora. Io, che odio la birra, ne ho bevute tre. Solo per intorpidire il corpo e far smettere lo spirito di chiedermi quanti compleanni mi restano.

Nessuno lì sapeva chi fossi. Forse conoscevano il nome sulla mia identità falsa. Ma non la vera identità. E questo, quel giorno, era tutto ciò di cui avevo bisogno. Restare anonimo. Anche a me stesso.

A quarantanove anni, non si festeggia. Si conta. Quello che si è perso. Quello che si è lasciato da dire. Quello che se n'è andato. E quello che non è mai arrivato.

Ho guardato il mare e ho pensato:

"Cosa ho perso?"

Mariangela.

Don Pablo.

Quello che non sono mai stato.

La vita che avrei potuto avere.

Ho avuto un matrimonio fallito. Non ho mai avuto figli.

E i miei amici — quei pochi — non hanno mai saputo chi fossi, perché nemmeno io lo sapevo. Sono sempre stato un pupazzo pieghevole, una finzione funzionale.

Ho finto amore.

Ho finto coraggio.

Ho finto di sapere cosa facevo.

Anche nei compleanni, fingevo. Ricevevo messaggi di auguri da gente che si guidava con le notifiche di Facebook. Gente che non parlava con me da mesi, ma che pensava che mandare un emoji con un palloncino mi collegasse al mondo.

Odiavo i compleanni. Erano specchi.

E io non mi riconoscevo più allo specchio.

"Chi sono quando non sto mentendo?"

La risposta non arrivava.

O forse non esisteva più.

La morte di Don Pablo è stata più di un lutto. È stata la certezza che avevo fallito. Fallito nel salvarlo.

E se non l'ho salvato, chi cazzo pensavo di poter ancora salvare?

Forse Toscin. Forse Mariangela. Forse Rodrigo. Forse mia sorella, o anche mia nipote, Victória.

O forse stavo solo cercando di salvare qualche idea di giustizia. Una in cui nemmeno io so più se credo.

La verità?

Il mondo non era cambiato.

I mostri erano ancora a piede libero.

La Tesla continuava a essere quotata.

La Ambezzo continuava a vendere.

La X continuava a mentire.

E io… continuavo a bere birra che odio, a mangiare lupini a Cadice, a vivere di pseudonimi e a vagare tra case sicure e donne pericolose.

Ero in camera, era già notte, quando ho aperto la busta. Non era arrivata per posta. Era dentro lo zaino nero che Don Pablo mi aveva consegnato mesi prima, in silenzio, con un cenno del capo. All'epoca mi disse:

— "Quando farai quarantanove anni, apri questo."

Pensavo fosse una battuta. Gli piacevano queste stronzate simboliche. Ma ho rispettato. Ho messo lo zaino da parte. Nemmeno la Toscin lo sapeva.

La busta era lì. Dentro, una pen.

Modello vecchio.

Senza marca.

Solo un nastro nero incollato con il numero 49.

L'ho collegata al laptop. Ho preparato il sistema offline. Disattivato il wi-fi. Coperte le telecamere. Inserita la pen.

È apparso un file.

Si chiamava: "LEGADO_49.DPABLO"

Mi ha chiesto la password.

Ho digitato:

"@paulopinto25"

Ha funzionato.

Il file si è aperto con un rumore acuto, impercettibile, come se il computer stesso tossisse una verità criptata. Nella cartella, tre sotto-cartelle. Nomi semplici. Nessuna data. Nessun riferimento diretto al Don Pablo.

Cartella 1 — "SCHELETRI"

Cartella 2 — "FLUSSO"

Cartella 3 — "VERITÀ_FINALE"

Ho aperto prima la cartella "SCHELETRI". Mi aspettavo contratti, transazioni e forse screenshot di conversazioni. Ho trovato di più.

Documenti della Tesla. Rapporti interni. Audit logs. Righe di codice con annotazioni a margine. Il Don Pablo aveva avuto accesso a file operativi di sviluppo IA.

C'erano lì i nomi di aziende tecnologiche cinesi con partecipazioni incrociate. Startups dai nomi innocui — "Xiaxi Technologies", "NebulaSoft", "Shenzhen MotionCloud" — ma tutte ricevevano capitale dalla Tesla. Ma non direttamente. Attraverso un fondo nelle Isole Vergini. Gestito da una società chiamata Eclipse Dynamics Inc., con sede... in Delaware. Ovviamente.

La stessa Delaware dove Tancredi aveva quella società zombie apparsa nei documenti di Peter Navarro.

Tutto cominciava a combaciare.

Un documento, in inglese tecnico-militare, datato febbraio 2024, diceva:

"The transformation strategy is no longer automotive-first. Tesla is rebranding internally as a Data and Robotics conglomerate. EVs are a shell. The real product is autonomous behavior prediction. The new engine is control."

Sottolineato in rosso, a mano:

"Musk's final disfarce. Not a car company. A mind-mapping factory."

E in allegato... un file PowerPoint, con il timbro della stessa Tesla.

Titolo: "Project Prometheus – Phase IV"

Sottotitolo: "AI Integration with Social Media Emotional Loop (SMEL) – Proprietary"

Era tutto lì. L'interconnessione tra X, i dati della Tesla e i modelli predittivi di comportamento umano. Non era teoria. Era architettura.

Input: Localizzazione, interazioni, storico di guida e abitudini di consumo.

Elaborazione: Machine learning su server Starlink.

Output: Raccomandazioni su X, annunci su Ambezzo, suggerimenti di guida automatica "basati sull'umore".

Era come aver letto un manifesto di dominio cognitivo, redatto da ingegneri che non hanno mai imparato a distinguere l'etica dall'efficienza.

Ho aperto la seconda cartella.

"FLUSSO"

Qui c'erano transazioni. Estratti conto. Codici di trasferimento.

Soldi deviati.

La Tesla investiva il 5% della sua liquidità trimestrale in un fondo che non veniva mai dichiarato nei rapporti pubblici. Quel fondo comprava partecipazioni in aziende di IA cinesi. Il capitale tornava sotto forma di consulenza e licenza di algoritmi. Ma parte del denaro spariva in portafogli digitali collegati a... FreedomContext, una fondazione registrata alle Seychelles. La direttrice finanziaria? Una donna chiamata Claudia B., nata a Bari.

E uno dei membri del board della fondazione... era lo stesso Tancredi Lo Presti.

Era dappertutto.

Come un fungo. Come un gene recessivo. Come un'eco.

C'era anche un PDF con il nome:

"BOZZA DI MASCHERA – MODO X"

Era un piano.

Vendere la Tesla tramite operazioni di short selling.

Usare documenti interni come "leaks etici".

Coinvolgere whistleblowers.

Generare pressione mediatica.

Forzare la divisione degli asset.

Comprare parti della Tesla con nomi diversi.

Era un attacco societario travestito da denuncia morale.

Un colpo con la bandiera della verità — ma guidato dalla fame.

Alla fine del file, una nota del Don Pablo, scritta a mano, fotografata e inclusa come immagine:

> "Se scompaio, non è stato per errore. Sei l'unico che ancora sente l'odore della polvere da sparo e della carta. Solo tu puoi scrivere la sentenza. Sto shortando Tesla. Se va bene mi faccio una fortuna."

Dovetti alzarmi.

Andai in cucina.

Aprii il frigorifero.

Niente.

Guardai fuori dalla finestra.

Le luci di Chiclana erano lontane. Distanti. Innocue.

Respirai a fondo e tornai in salotto.

Aprii l'ultima cartella.

"VERDADE_FINAL"

C'era solo un file.

Nome: "ULTIMO_COPO"

Era un video.

Don Pablo. Seduto. Senza luce perfetta. Tuta sportiva. Faccia stanca. Registrato forse settimane prima di sparire.

Guardò la telecamera. Parlò senza giri di parole.

— "Leilac, se stai guardando questo, allora hai già compiuto quarantanove anni. E non sei ancora morto. Auguri. Io non ci sono arrivato. O forse ci sono arrivato e sono sparito prima di poterlo dire. Ma non è questo che conta. Quello che conta è che ora hai tutto questo tra le mani. E dovrai decidere se vuoi fare giustizia... o guerra."

Bevve un sorso di vino. Continuò:

— "So che sei stanco. Lo ero anch'io. Ma la stanchezza non è una scusa. Loro stanno prendendo il controllo del gioco. Musk. Navarro. Tancredi. Stanno sostituendo la realtà. E tu... sei uno dei pochi che ancora sa come scrivere una contro-narrazione. Usa i documenti. Usa i tuoi libri. Usa le tue azioni legali. Usa tutto. Ma non esitare. Perché se esiti, vincono loro."

Sorrise. E, per la prima volta, la voce si spezzò.

— "La Mariangela... andrà tutto bene. Ti ho sempre detto che i brasiliani hanno un detto: «se non è ancora tutto a posto, vuol dire che non è ancora finita.» La vita, come un romanzo, finisce solo quando tutto va bene. Quindi, se tra te e Mariangela non va tutto bene, significa che non è ancora la fine."

Posò il bicchiere. Guardò dritto verso di me.

— "Ma non lasciare che la tua ultima maschera sia la rinuncia."

E il video finì.

Rimasi lì, fermo. Il portatile ancora con lo schermo acceso. La luce bianca che schioccava sulle pareti. Il vino nel bicchiere ormai acido. Il cuore che batteva lento. La testa piena di merda e rivelazione.

Chiamai Toscin.

— "Ho tutto."

— "Cosa?"

— "Prove. Transazioni. Video. Il caveau digitale del Don Pablo. È tutto qui."

— "Tancredi?"

— "Su tutti i fronti. Fondi offshore. Tesla. IA. Musk. Il collegamento con Navarro. C'è tutto."

— "Li abbattiamo tutti."

— "No. Li esponiamo. Poi che sia il mondo a decidere. Io voglio solo che l'ultimo bicchiere non sia quello del silenzio."

Lei non rispose. Forse perché aveva già iniziato a muovere le pedine.

O forse stava piangendo.

Riattaccai. Chiusi il portatile.

Andai di nuovo in spiaggia.

Scalzo.

Con i piedi che sanguinavano leggermente per la sabbia calda e il vetro che non avevo visto.

Guardai il mare.

I quarantanove non erano stati una celebrazione.

Erano stati la sentenza.

O l'avvertimento.

Ma ora sapevo, senza dubbio, che c'era un'eredità.

Don Pablo non era scomparso.

Si era fatto eco.

E gli echi, se ben scritti... non muoiono mai.

14

Il Codice di Bordeaux
Bordeaux, 23 giugno 2025

La prima volta che sentii parlare di un server scollegato dalla rete, da qualche parte in un quartiere industriale a sud di Bordeaux, fu quella notte di giugno, quando un uomo senza nome mi premette una busta contro il petto in un corridoio d'albergo dove tutti gli estintori erano fuori norma. Non c'era luce. Solo l'odore di candeggina a buon mercato e la gomma invecchiata delle porte tagliafuoco. Mi disse, in un francese trascinato da accento fiammingo, che lì — in quel magazzino con le finestre oscurate da vernice nera e un generatore a gasolio — c'era un segreto che poteva far saltare il circuito di potere tra Musk, Navarro e Tancredi... e, forse, persino la stessa Commissione Europea avrebbe potuto agire.

Ho custodito l'informazione. L'ho custodita come si tiene una capsula di cianuro in fondo alla bocca: da usare solo se non resta nient'altro.

Giorni dopo, Toscin confermò. Come sempre, con frasi così spoglie di emozione che sembravano strappate da un rapporto della CIA prima della declassificazione:

— "L'installazione esiste. È attiva. Energia indipendente. Nessuna comunicazione esterna. È stata acceduta localmente nove giorni fa. Un solo accesso. Qualcuno con permessi interni."

— "Chi?"

— "Nessun ID. Ma i log puntano a Tancredi. Era a Tolosa. Il giorno dopo, la termocamera del magazzino ha rilevato calore umano per 3h17. Poi, silenzio."

— "E il contenuto?"

— "Due file copiati su un sistema locale. Un file di e-mail. Un altro con estensione strana. Nome in codice: «LoPrestiPN»."

Era abbastanza.

Avvisai Francesca. Sapevo che non mi avrebbe lasciato andare da solo. Non per gelosia — che lei mascherava sempre con sarcasmo — ma perché non aveva ancora deciso se fidarsi di Tancredi o se voleva ucciderlo. Da Palermo oscillava tra i due impulsi con la stessa grazia con cui accavallava le gambe.

Partimmo due giorni dopo, in una macchina senza GPS e con i telefoni spenti, tranne il Bittium. Toscin ci aveva lasciato un contatto a Montauban, un tipo dalla voce lenta che ci consegnò una chiave, una tessera con chip militare e una sequenza di sei cifre che, secondo lui, era basata sulla mia data di nascita. Un'ironia storta a cui non mi abituavo mai.

Arrivammo sul posto alle 06:47 del mattino, con il cielo chiuso come una metafora pigra. L'edificio era una scatola di cemento travestita da carrozzeria. Nessun segno di vita. Nessun veicolo. Solo un portone metallico con resti di un graffito mal cancellato che diceva "Liberté pour les arbres". L'ironia era perfetta: lì dentro, non c'era nemmeno una radice. Solo tecnologia morta e dati marci.

La porta laterale cedette facilmente — il chiavistello era già stato forzato. Entrammo in silenzio. Francesca davanti, con lo sguardo di chi ha visto più esplosivi in sale riunioni che in campi di battaglia.

Dentro, la temperatura era costante. Umidità da cantina. Odore di vecchi cavi, sudore secco e polvere. C'erano tre server. Due in modalità ibernazione. Uno ancora acceso, con il suono grave di una ventola stanca. I LED lampeggiavano come occhi esausti.

Usai la tessera. Inserii il codice. "17061976". La mia data di nascita. Lei lo sapeva. Toscin lo sapeva. E ora… anche il sistema lo sapeva.

Si aprì.

Due file principali:

"PN_Mail_Archive_2019_2024.EML"

"LoPresti_Nav_SignatureX.vas"

Ignorai il secondo. Aprii il primo. La struttura era pulita. Le e-mail organizzate in cartelle per tema:

"SMEL Protocol"

"Tesla Bridge"

"Navarro Backchannel"

"European Leverage"

"PSYOPS_Stage3"

Le intestazioni erano inequivocabili. Il mittente principale: "pn-adviser2020@darpa.mil." Il destinatario ricorrente: "tancredi.lopresti@obfusc.io."

L'IP di origine delle e-mail: Costa Ovest e Costa Est degli USA. Quasi tutte mascherate da VPN con uscita a San Jose, Palo Alto e Arlington — tre vertici di un triangolo tecnomilitare. Il codice di ogni messaggio iniziava con una firma digitale che confermava: era Navarro. O qualcuno che usava le sue credenziali.

Aprii una delle e-mail:

"Subject: Strategic Deployment – X/Tesla

Date: 07/02/2021 04:13 PST

From: PN

To: TLP"

Diceva:

> "Lo SMEL è già operativo in California. I dati raccolti tramite Tesla vengono iniettati su X senza rumore. L'algoritmo ha imparato a distinguere odio legittimo da odio utile. L'emozione ora è predittiva. Prossima fase: Europa. Regolare il timing al DSA."

Francesca lesse sopra la mia spalla.

— "Stai vedendo quello che vedo io?"

— "Sì."

— "Tancredi ha mentito. Di nuovo."

— "Ha sempre mentito. Solo che non sapevamo il prezzo."
C'era altro.
Un'altra e-mail.

"Obama non può essere coinvolto. Mantieni il discorso ambientale. Se qualcuno chiede, Tancredi è «ex». Il collegamento con PN deve essere offuscato. Ma utile."
Un'altra.

"Francesca sa troppo. Se apre bocca, attiviamo il dossier di Palermo."

Lei si fermò. Mi tolse la tastiera dalle mani. Aprì la ricerca. Scrisse il suo nome. Apparvero sette voci. Quattro file PDF. Tre immagini.

Aprì un PDF. Titolo: "Dossier Palermo 2018 – CLASSIFIED"

Eccola lì. Francesca. In completo nero. Capelli raccolti. Seduta in un tribunale militare, a Roma. Un processo che ufficialmente non è mai esistito. Ma era lì, firmato da qualcuno con la sigla NAV.

— "Mi hanno fottuta prima ancora di conoscermi," disse lei. "Questo, devo ammettere, lo rispetto."

— "Copiamo tutto. Tutto."

Copiammo.

Uscimmo con i file dentro una capsula USB protetta da crittografia fisica. Svegliammo Toscin tramite il canale sicuro. Ci disse:

— "Non tornate a Madrid. Non ancora."

— "E dove allora?"

— "Parigi. Oppure Portogallo. Ma prima... preparate l'attacco."

— "Siamo vicini."

— "Molto vicini," aggiunse Francesca.

Fuori, Bordeaux era già sveglia. Le panetterie aperte. I ciclisti a sudare sulle piste ciclabili come se questo potesse redimere il secolo. I vecchi a bere Ricard alle otto e mezza del mattino.

Entrai in macchina. Francesca guardava fuori dal finestrino.

— "Sai cosa c'è qui dentro, vero?" le chiesi.

— "Il loro piano."

— "No. Qui c'è il codice che li distrugge."

— "Il codice di Bordeaux?"

— "Esattamente. E lo useremo."

In hotel, già a Bègles, tornai a leggere le e-mail. Rimasi impigliato in una sequenza che sembrava banale, ma non lo era.

Uno scambio tra Tancredi e Navarro, datato marzo 2022:

"Leilac è malleabile. Scrive ancora lettere. Crede ancora che i tribunali funzionino. È pericoloso. Ma prevedibile. Tienilo vicino. Ci servirà quando sarà il momento di fingere che esista giustizia."

Chiusi il portatile.

Respirai.

Guardai Francesca, che dormiva sul divano, con il braccio penzoloni e i capelli che le coprivano metà del viso.

Mi alzai.

Scrissi sul blocco:

"Loro pensano che io stia ancora scrivendo lettere. Che sia prigioniero di un mondo già finito. Ma si dimenticano di una cosa: non c'è esca migliore di un uomo che sembra superato."

Chiusi il blocco.

Inoltrai il file completo a Toscin.

Usai il canale "Judith".

Oggetto: "Codice di Bordeaux – parte I"

Nel corpo del messaggio:

"La guerra è iniziata.

E il primo colpo... è stato sparato col codice."

Il giorno dopo, prima dell'alba, chiamai Toscin.

— "Hai tutto?"

— "Ho tutto."

— "Compresi gli header?"

— "Compresi."

— "E hai confermato se le e-mail tra Tancredi e Peter Navarro partono dai server DARP?"

— "Sì. IP con origine Arlington, San Jose e una connessione specchiata con ingresso criptato a Palo Alto. Ma le credenziali sono legittime. Non sono state falsificate. È stato lo stesso Tancredi a lasciare le briciole. Di proposito. È il suo stile."

— "Voleva che trovassimo."

— "O voleva solo vedere fino a dove saremmo arrivati prima di crollare."

Riattaccai. Tornai in camera. Francesca si era già vestita. Giacca di pelle nera, jeans scuri e capelli ancora umidi. Era alla finestra, guardava Bordeaux con quello sguardo di chi non crede mai che una città sia solo ciò che mostra.

— "Darai tutto questo alla Commissione?"

— "No."

— "Allora a chi?"

— "A chi avrà il coraggio di perdere con stile."

Si voltò. Sollevò la tazza di caffè che aveva preso dalla Nespresso della stanza.

— "E dopo?"

— "Dopo sparisco."

— "Come sempre?"

— "Questa volta non è una fuga. È un arretramento tattico."

— "E pensi che qualcuno capirà la differenza?"

— "No."

Nel mezzo del pomeriggio, Ezar mi chiamò tramite la rete sicura, passando per Toscin.

— "Ho ricevuto il file."

— "E allora?"

— "È dinamite."

— "Riesci a organizzare una sequenza di fughe coordinate?"

— "Sì. Ma dovrai fare una scelta."

— "Quale?"

— "Se esponi tutto in una volta, l'impatto è forte ma breve. Se lo rilasci a poco a poco, crei instabilità prolungata."

— "E se combino le due cose?"

— "Il loro mondo va in cortocircuito."

— "È quello che voglio."

Ezar non rise. Disse soltanto:

— "Allora inizia subito. Perché c'è gente che ti cerca da Madrid fino a Bruxelles. Ci sono ordini silenziosi. Richieste che non passano per l'Interpol. Ma arrivano dall'alto. Molto dall'alto."

— "Quanti giorni ho?"

— "Se continui così… dieci. Quindici al massimo."

— "Tempo sufficiente."

Riattaccai.

Tornai al tavolo. Aprii il portatile. Scrissi una mail a Francesca. Solo il suo corpo era lì. La sua testa, no.

"Francesca,

Non chiedermi cosa farò.

Lo sai già.

Non provare a fermarmi.

Perché sono già andato."

Uscii dall'hotel mentre lei faceva la cacca. Il rumore dell'estrattore del bagno copriva tutto. Misi il cappotto grigio — quello che diceva mi dava l'aria da scrittore in crisi — e salii in macchina.

Guidai fino alla periferia. Parcheggiai in un quartiere dove i ragazzini giocano ancora a pallone tra le auto in sosta. Entrai in una panetteria. Presi un croissant e due caffè. Mi sedetti. Accesi il portatile.

Inoltrai il file completo a Toscin, ma con destinazione cifrata. Cartella "UltimoDisfarce.zip", nascosta dentro una sequenza di immagini banali: foto di vacanze inventate; selfie alterati dall'IA; e cartoline di posti dove non sono mai stato.

Ne inviai un altro ad Angel. Un altro a Rodrigo. Un altro a Inés Tarela, a Bruxelles.

E poi… il file più grande.

Quello lo mandai alla DG CONNECT.

Al Parlamento Europeo.

Al "New York Times".

Al "Le Monde".

Al "Der Spiegel".

E al "La Repubblica".

Non firmai.

Firmai.

"LL"

Solo quello.

Il telefono squillò un'ora dopo.

Era Toscin.

— "Cosa hai fatto?"

— "Quello che dovevo fare."

— "Sai cosa significa?"

— "Sì."

— "Sai che sei finito."

— "Lo ero fin dall'inizio."

— "La Francesca ti sta cercando."

— "Dille che sto bene."

— "Lei non mi crede."

— "Nemmeno tu ci credi."

— "Cazzo, Leilac…"

La sento respirare. Per la prima volta, senza metodo, aveva bestemmiato.

— "Cazzo," ripeté.

— "È l'ultima maschera."

— "Non dire così."

— "Sì. Non c'è più niente da nascondere. Né altre maschere."

Riattaccai.

Cancellai il numero.

Tirai fuori la scheda del Bittium.

La lanciai nel fiume Garonna, da un ponte qualsiasi, tra palazzi sporchi e vecchie tubature.

Tornai alla macchina.

Guidai fino a un belvedere.

Aprii la bottiglia di vino che il Don Pablo mi aveva lasciato con un biglietto scritto a mano.

"Quando te ne andrai davvero, bevi questo. Così saprai
che il dolore ha un sapore. Ma ha anche una fine."

Bevvi.

Lì, da solo.

In lontananza, Bordeaux cominciava a ribollire.

La Commissione convocava una riunione d'emergenza.

La Francesca aveva lasciato tre messaggi su canale aperto.

E la Toscin… aveva chiuso i server dell'operazione.

Leilac Leamas sparì quella notte. Io sparii.

Della stanza restava un bicchiere con il vino a metà.

E un altro, pieno.

Ma intatto.

Un biglietto sul cuscino:

"Non tornate a cercarmi.
Se mi avete amato, lasciatemi essere la leggenda."

15

Parigi Senza Risposta
Parigi, 28 giugno 2025

Parigi bruciava come un corpo febbrile che si rifiuta di cedere al sonno. Le finestre aperte, le facciate sudate, i vetri opachi di condensa e fumo e i corpi che si muovevano al rallentatore come se il tempo si fosse sciolto. Il caldo non era gentile. Era animale. Di quello che si incolla all'interno coscia, che scivola tra le scapole e che afferra il sesso come una seconda pelle appiccicosa. Parigi a fine giugno era questo: una donna in calore, esausta e sporca di promesse e zanzare.

Il numero 44 di Rue de Bellechasse non sembrava cambiato. Il palazzo era una torpore di pietra che resisteva solo per memoria. Salii senza avvisare, come chi sale al patibolo. Il sudore mi scorreva lungo la schiena, sotto la camicia già arresa. Ogni gradino era un dubbio vinto.

Lei aveva lasciato la porta socchiusa. Non era un invito. Era una trappola.

La spinsi.

E lì c'era lei.

Di spalle. Capelli sciolti. Maglietta bianca che le scivolava addosso come se fosse incollata dall'umidità, senza reggiseno e senza colpa. I piedi nudi, le gambe scoperte fino a metà coscia, una

spallina caduta come un'indecisione che nessuno ha voluto correggere. Lei mi guardò sopra la spalla, come chi già sa. Non disse nulla.
Nemmeno io.

Lasciai cadere la giacca a terra. Il caldo era tale che non c'era
spazio per la decenza. Mi tolsi la camicia mentre avanzavo. I palmi
delle mani erano umidi. Il cuore, immobile. Perché quello non era
romanticismo. Era altro. Era il ritorno al territorio più pericoloso: il
suo corpo.

Le toccai la schiena con le dita in fiamme. E lei non indietreggiò.
Si tolse solo la maglietta da sopra la testa, lentamente, lasciando che
i capelli le si incollassero al viso. Era nuda dalla vita in su. E io,
completamente muto, come se la lingua mi avesse abbandonato.

Le baciai la spalla con la bocca ancora secca. Lei si girò. Il sudore
le scorreva tra i seni. I capezzoli duri, non per il freddo, ma per la
presenza. I suoi occhi bruciavano. Non di tenerezza. Di furia. Di
fame.

Mi spinse contro il muro. Mi baciò con tutta la bocca, con i denti,
con la saliva… Mi morse il labbro inferiore finché il sangue non si
mescolò al calore della lingua. Mi strappò il bottone dei pantaloni
con una rabbia che si ha solo quando si è stati troppo tempo in asti-
nenza di verità.

Cademmo sul letto come due animali senza nome. Non ci fu conversazione. Solo corpi che parlavano con la frizione. Lei mi montò
con brutalità. Senza cerimonie. Mi afferrò per i polsi. Mi rubò il respiro. I suoi fianchi si muovevano con la precisione di un'assassina.
E io lasciavo fare. Io volevo quello. Il dolore, il piacere e lo squilibrio. Le sue unghie mi graffiarono il petto. I capelli incollati al viso.
I gemiti — soffocati e urgenti — uscivano come grida senza paura.

Si chinò finché la sua bocca toccò il mio orecchio.

— "Te lo ricorderai fino alla fine, Leilac."

Risposi spingendo il corpo contro il suo con tutta la forza. Come
se lì, in quel gesto, ci fosse tutto il rimpianto dei mesi perduti. Lei
gemette. Mi morse la spalla. Inarcò la schiena. E venne.

Ma non scese da sopra di me.

Non era amore. Era possesso. Era necessità. Era il corpo che pre-
tendeva ciò che l'assenza aveva lasciato in sospeso.

Quando ci scambiammo di posizione, la scopai tenendo gli occhi fissi nei suoi. Con il calore che ci colava tra le cosce, sul ventre e sulla schiena. La sua pelle sapeva di vaniglia e desiderio — il miglior profumo che le abbia mai conosciuto. Le baciai il collo con forza. Lei disse il mio nome a bassa voce, come una maledizione. Le afferrai la vita con entrambe le mani. Mi seppellii in lei come chi cerca un posto dove nascondere tutte le colpe. I suoi fianchi urlavano. Le cosce tremavano. Lei chiudeva gli occhi e diceva "così, così" tra i denti. Finché i corpi bruciarono. Insieme. E restammo lì, in silenzio. Entrambi a respirare come chi è appena sopravvissuto a un naufragio.

Lei si sdraiò di lato, di spalle a me. Il sudore le brillava sulla schiena come una strada dove ormai nessuno passa più. Allungò la mano verso il comodino, prese una sigaretta e l'accese senza chiedere permesso. Non l'avevo mai vista fumare. La fiamma illuminò la stanza come un segreto. Il fumo danzava tra noi come se non volesse scegliere da che parte stare.

— "Lo sai, vero?" mormorò, senza guardarmi.

— "Lo so."

— "Meno male che sei venuto."

— "Fai parte delle cose per cui ancora mi muovo."

Lei si voltò. Sorrise con le labbra, non con gli occhi.

— "Bugiardo."

La sigaretta finì. E con lei, l'illusione.

Quando mi svegliai, lei non c'era più.

La stanza odorava di sudore e cenere. La finestra aperta lasciava entrare il suono lontano di una città che non voleva sapere.

In cucina, due bicchieri. Uno ancora con del vino. L'altro, asciutto.

Sul davanzale, un foglio.

"Fai quello che devi fare e poi torna (o scrivi). A Porto,
quando è il compleanno di tuo padre."

Uscii. Piano.

Il sole scioglieva le auto parcheggiate. Le persone avevano i volti incollati alle ombre come se fossero parte del suolo. Camminai per la città con il corpo che ancora si ricordava di lei. E con le ossa che mi dicevano che ora era sul serio.

Al Square du Vert-Galant, Francesca mi aspettava già.

Giacca sulle gambe, occhiali da sole tra i capelli, un bicchiere di Spritz con più silenzio che ghiaccio. Mi sedetti accanto a lei. Senza cerimonie.

— "Sai che la tua uscita di scena è stata brutale, vero?" disse lei.

— "Brutale?"

— "Poetica. Tutti pensano che tu sia scappato o ti sia suicidato. Solo la Toscin ha capito che ti stavi nascondendo."

Appoggiai i gomiti sulle cosce. Respirai a fondo.

Lei tirò fuori una busta dalla borsa. Me la porse. Carta spessa. Nessuna firma.

— "Tancredi non sta con Obama."

— "Allora con chi?"

— "Peter Navarro, come già sospettavamo. E c'è di mezzo denaro della OpenAI."

Guardai la busta. Ma non la aprii subito.

Lei bevve un altro sorso.

— "Quello che c'è lì dentro... non è quello che sembra."

Alzai gli occhi. Lei guardava il fiume. Non me.

— "Niente lo è," mormorai. "Né lei. Né tu. Né tutto questo."

— "Parli di Mariangela?"

— "Parlo del mondo."

Il sole cominciava a calare. E con lui, la città sembrava più onesta.

Parigi ha bruciato con noi. Ma, come sempre, è stata l'unica a capire.

La busta pesava come se dentro ci fosse una pistola corta, di quelle che si usano per uccidere testimoni e zittire verità.

La aprii con le dita ferme. Non tremo più davanti alla carta. Tremo davanti alle assenze.

Dentro, un dossier stampato su carta di grammatura assurda. Logo camuffato. Nessuna intestazione ufficiale. Solo una filigrana visibile controluce: "SapiensQ". Vecchio nome in codice. Lo conoscevo dai tempi di Bruxelles. Sapevo cosa significava: materiale raccolto in zona liminare, da fonti non identificate, validato internamente ma senza una destinazione ancora decisa. Zona grigia. Zona mia.

Sfogliai piano. Le prime tre pagine erano la cronologia delle transazioni: la Tesla che trasferiva liquidità trimestrale a un fondo oscuro, chiamato "DawnTech Holdings", domiciliato nel Wyoming. Il fondo, a sua volta, investiva in start-up legate alla xAI e alla manipolazione algoritmica del comportamento umano. I rapporti parlavano di "cluster di reazione emotiva", "patterning di tendenze" e "archiviazione parallela di intuizioni virali". Linguaggio che odorava di San Francisco mescolato a delirio da tecnocrate che ha letto troppo Deleuze.

Poi, i nomi: Peter Navarro, Tancredi Lo Presti, Kevin Alejandro. Tre collegamenti. Tre canali di trasferimento. Una base militare in Nevada come punto di passaggio di dati sensibili.

E poi, il file finale.

Quattro pagine. In inglese, ma con annotazioni manoscritte in italiano. Scrittura di Tancredi. Nessun dubbio.

"SMEL-Joint Phase IV Approved. All beta tests via Twitter/X confirm prediction latency under 0.5s. Emotion-timed intervention protocol active."

"Target European cluster: MENA diaspora + under-25s. Focus: electoral destabilisation + pre-suicidal attention windows."

"Cross-feed: Tesla mobility data + OpenAI emotional classification model."

E la nota in italiano: "Se parla, è finita."

Chiusi la cartella. Il cuore batteva come se avesse appena ascoltato la propria sentenza, anche se in realtà non era niente di nuovo, era solo un'ulteriore conferma.

Mi alzai.

Francesca non chiese nulla. Ma nei suoi occhi vidi che già sapeva. O forse fingeva. Non era gelosia. Non era paura. Era stanchezza.

— "Ho bisogno di una stanza. Ovunque. Da solo."

Lei annuì. Stava imparando a rinunciare senza fare rumore.

Entrai in un vecchio Ibis, di quelli che fingono dignità con la moquette lavata e odore di candeggina.

Accesi il mio nuovo Bittium. Canale tenue.

— "Toscin."

Ci mise tre secondi a rispondere.

— "Dimmi."

— "Ho il dossier. Francesca me l'ha consegnato. Firme incrociate. Navarro, Tancredi, xAI, Tesla. È tutto qui."

— "Contenuto?"

— "Manipolazione emotiva tramite X. Dati Tesla incrociati con modelli predittivi di xAI. Obiettivo: gioventù europea. Destabilizzazione. Psicologia rovesciata. Rafforzamento dell'estrema destra."

Lei tacque per cinque secondi. Poi disse:

— "E adesso?"

— "Adesso... continuiamo a incendiare la casa."

Inoltrai il file al VDR. Cartella: "Vert-Galant.28.06.25"

La città, fuori, continuava a bollire. Ma dentro di me... non c'era più calore. Solo un'idea. E quella era fredda come una lama:

La verità non ci salverà.

Ma può bruciare chi si crede intoccabile.

E oggi, almeno oggi, questo basta.

16

Il Giudice della Stazione Nord
Parigi, 3 luglio 2025

Quel giorno, il caldo a Parigi non veniva dal sole. Saliva dal selciato, si insinuava nelle viscere della città e graffiava come febbre. Era un caldo sotterraneo, antico, fatto della memoria di chi lì è bruciato — letteralmente o metaforicamente. Aspettai alla Gare du Nord come chi aspetta un'esecuzione. In piedi, appoggiato a un pilastro graffitato dove qualcuno aveva scritto "tout est en feu", con una calligrafia sottile, sbilenca. Risi, dentro di me. Tutto brucia, sì. Ma ci sono bruciature che non lasciano cenere. Lasciano solo assenza.

Il treno del giudice era in ritardo. Parigi non mi ha mai dato risposte al momento giusto. Né Mariangela. Né Don Pablo. Né Tancredi. Tutto quello che mi è successo in questa città ha sempre avuto un tempo sbagliato. Come se la città fosse sorda, ma ostinata a ballare. Ero lì, ad aspettare Hébert, come un cane vecchio davanti alla porta di un padrone che non abita più lì.

Sapevo che sarebbe venuto. Ernest Backes me l'aveva garantito, due decenni prima, quando ancora si scrivevano i nomi a mano e ci si fidava delle liste.

Tanto era già successo dal primo mattone legato alle caviglie di Don Pablo. Da quando mi arrivò l'odore della sua morte, dal pranzo con Francesca e l'apparizione incerta di Tancredi. La casa sicura a Scopello era vuota e il profumo di Mariangela impregnato nei muri. Il Siciliano — quel tipo — prometteva Oakland, parlava della Casa Bianca come se avesse le chiavi in tasca, ma i suoi occhi tremavano. La morte di Don Pablo, se morte fu, non aveva fondo. Vidi Vinagra come un luogo che già si stava congedando da sé stesso. Francesca nuotava nuda in piscina e una donna senza nome mi salvava dalla caccia. "Voglio far cadere Musk", mi disse.

Alla conferenza della CMVM, individuai l'arbitro che rovinò Don Pablo. Bruxelles mi portò ricordi e un odore agrodolce: quello dei flauti di uva passa all'EXKi e quello di Klara, brutta come l'ipocrisia. La sedussi. Le entrai nel portatile. Trovai la prova dell'inadempienza di X. Francesca si ingelosì. Eppure... leale. A Madrid, la squadra si organizzava. La facciata era solida. L'Ezar si preparava. Ma io gli dicevo di aspettare. Non potevamo bruciare tutto in una volta.

Mia sorella compiva gli anni. Francesca mi aspettava all'Ar D'Mar. Tutto girava: Tesla, X, e Ambezzo. Antoine Jeannot ci sosteneva ancora, ma a distanza. Solo i suoi soldi ci interessavano per reggerci contro Ambezzo e OnlyPorn. Il caos americano fermentava. Gregory Abner, Benson, Navarro... tutti i nomi della disgrazia erano in gioco. Scoprimmo il server off-grid a Bordeaux. E-mail. Intestazioni. Tancredi e Peter Navarro. La storia si riscriveva a forza di clic e algoritmi.

Mariangela era riapparsa. Parigi, 28 giugno. Nella casa di Rue de Bellechasse. Questo, questo era il più importante di tutta la storia. L'amore, ancora una volta, senza garanzie. E poi, allo Square du Vert-Galant, Francesca mi consegnò un dossier. La OpenAI, i fondi, il teatro. Tancredi non era con Obama. Era con Navarro. La storia tornava a girare sull'asse dell'inferno.

Infine, mentre pensavo a tutto questo, il giudice era arrivato.

Hébert, una comparsa in stazione. Non per mestiere — ma per come si muoveva, come se ogni passo tra i treni fosse un travestimento.

Andammo in un bar lì vicino, rumoroso ma discreto.

— "Questi documenti di Tancredi," disse Hébert, "non sono una novità."

— "Come sarebbe?"

— "Erano già nelle nostre mani. A pezzi. In indagini sparse."

— "Allora perché ora?"

— "Perché qualcuno ha voluto venderli come rivelazione. Qualcuno che parla con Navarro."

Quella era una pugnalata nella spina dorsale della mia strategia. La verità, come sempre, era già sotto indagine. La differenza era la confezione. Il marketing della verità. E in questo, Tancredi era un genio.

Hébert posò una busta marrone sul tavolo di zinco. Dentro, la mappa di una vecchia putrefazione.

— "E questa?"

— "È la tua porta."

Backes aveva ragione a fidarsi di quest'uomo. Ma la fiducia è una stampella: aiuta a camminare, ma non impedisce la caduta. Uscii da lì senza voltarmi indietro.

Richiamai Toscin. Avevo bisogno di Denis Robert. Avevo bisogno di tornare all'inizio. Al tempo in cui la corruzione usava la carta invece della blockchain.

All'inizio degli anni Duemila, non ero ancora il Leilac che scrive oggi. Ero solo un tipo con gli occhi infossati e troppo sonno accumulato per l'età che avevo. Backes si fidava di me. Abbiamo indagato sull'Algarve Club Atlântico, sulle case Shambala e Vagabundos — palazzi di tangenti nascoste. La Cedel e la Clearstream erano le vene dove scorreva il sangue sporco del continente. Ernest mi diede nomi, lettere, timbri e… microfiche con i conti non dichiarati. Mi diede il figlio di Roberto Calvi. Quello che voleva provare che il padre non si era impiccato a Londra. Voleva provare che era stato un omicidio. E voleva... soldi. Soldi dell'assicurazione. Sempre i maledetti soldi. L'amicizia era finta. Ma l'accesso, reale.

Denis Robert era l'altra metà della formula. Giornalista dai nervi scoperti. L'uomo che non si lasciava intimidire. Aveva ancora la sua e-mail su @wanadoo.fr. Leggeva ancora.

Toscin confermò: si sarebbe incontrato con me. A Nancy. Avevamo merda da far esplodere.

La notte prima di lasciare Parigi, sono andato al 44 di Rue de Bellechasse.

La casa odorava ancora di lei. Di Mariangela.

Il vinile della vecchia Piaf girava ancora nell'angolo. "Non, je ne regrette rien..."

Che ironia.

Io mi pento di tutto. Anche di non pentirmi abbastanza.

Presi un foglio, scrissi solo:

"Lá estarei."

Lo piegai. Lo lasciai sopra la cassettiera.

Uscii senza fare rumore.

La città, lei, dormiva, o fingeva. Io, ormai, non sapevo più distinguere.

Il giorno dopo, l'aereo partì puntuale. A differenza di me, Parigi non ama restare indietro.

Ma il giudice mi aveva dato ciò di cui avevo bisogno: il prossimo pezzo del puzzle. E che Navarro aveva già le mani sporche prima ancora di presentarsi.

Il vero attacco cominciava ora.

17

La donna che tornò senza dover tornare
Porto, 17 luglio 2025

Furono 15 giorni senza terra sotto i piedi. Ho attraversato la Francia con la fretta di chi non ha patria, l'Italia con la convinzione di chi non ha Dio, la Spagna con la risata di chi non teme più la colpa, e Bruxelles… con il peso di chi vuole sapere tutto. Ho attraversato stazioni come chi attraversa fantasmi, consegnando dossier in buste sudate a uomini che tremano davanti alle macchinette del caffè. Nessun ringraziamento. Nessuna promessa. Solo cenni e sguardi di chi sa che è tardi per tornare a dormire in pace.

Portavo frammenti come chi trasporta ossa di un corpo che nessuno vuole reclamare: pezzi della Tesla, leaks di X, scivoloni legali di Ambezzo, algoritmi rotti e piani abortiti di manipolazione emotiva programmata. I servizi segreti sorridevano poco. I politici ancora meno. Ma tutti quelli che ricevevano ciò che lasciavo, lasciavano sempre una cosa nell'aria: non era il contenuto a spaventarli — era la conferma che la menzogna aveva sempre nome, indirizzo e capitale.

La mattina del 17 luglio, il corpo diede segni. Era il compleanno di mio padre. E io ero lì, a Gaia, come se fossi solo un uomo con un pranzo fissato. Mia sorella aveva prenotato un tavolo in un ristorante

discreto a Porto, vicino al fiume, un posto dove i piatti avevano nomi
che nessuno sa pronunciare e i camerieri parlavano di vini come fossero preghiere. Mio padre non ne aveva idea. Per lui, era solo un
altro giovedì con meno pressione e più pillole per il colesterolo.

Mia nipote, che già dice "zio Leilac" come chi lancia un incantesimo, mi tirava le maniche con le mani sporche di gelato. Mia sorella
sorrideva, ma si vedeva in fondo agli occhi che sapeva. Sapeva che
io non ero lì. Ero presente come si sta in una cornice — fermo, posato, ma assente dal tempo. La verità è che avevo smesso di essere
dove sono da quando Don Pablo è sparito, da quando Mariangela ha
iniziato a rispondermi con silenzi e Tancredi ha cominciato a com-
parire nei documenti con la stessa frequenza con cui appare nelle
mie insonnie.

Alla fine del pranzo, li ho baciati. Uno a mio padre, secco e breve.
Un altro a mia madre. E uno finale a mia sorella, lungo, come chi
chiede perdono per essere nato fratello.

Lei mi disse, con quel tono che non era più davvero ironico:
— "Sai che un giorno smetterai di tornare, vero?"
Ho annuito con le spalle.
— "Ma fino ad allora, lascia almeno la macchina in garage."
— "Ha l'assicurazione in regola," ho risposto.
Lei ha riso. Mio padre non ha nemmeno sentito.
Poi sono andato a prenderla.
Mariangela.
Il volo arrivava da Milano. Con puntualità quasi italiana: in ritardo, ma con una scusa. Io aspettavo appoggiato a un pilastro
nell'aeroporto di Porto, le mani in tasca e l'anima in pausa. Quando
l'ho vista, la prima cosa che ho sentito non è stato amore. È stato
panico. Il suo corpo arrivava con settimane di ritardo, ma lo sguardo
portava tutto: ciò che aveva letto, ciò che non aveva detto, ciò che
aveva visto e non poteva condividere. Il bagaglio piccolo, la maglia
nera, gli occhi semi-stanchi — tutto in lei diceva che non era un
incontro. Era un nuovo inizio.

Non abbiamo parlato in macchina. Era la Smart Roadster di mia
sorella. Nera, decappottabile, con un odore d'infanzia e benzina vecchia. Lei è salita e si è sistemata sul sedile come se non fosse mai

andata via. Il vento ci colpiva in faccia come uno schiaffo di benvenuto. Siamo andati verso il Douro.

— "Sai che odio le sorprese," le ho detto, quando mi ha detto che ne aveva una pronta per me alla fine del viaggio.

— "Questa è diversa."

— "Tutte lo sono. Fino a che non lo sono più."

Lei ha sorriso. E quel sorriso — cazzo — era un riassunto di tutto ciò che ancora mi teneva in vita.

Il Douro ci accoglieva con quell'arroganza del tempo fermo. Le vigne disegnate come vene antiche, il fiume specchiato come chi custodisce tutti i peccati. La strada serpeggiava con la vanità di chi non ha mai avuto bisogno di ragione. Io acceleravo. L'auto ringhiava come un cane piccolo che pensa di mordere. Mariangela si è tolta il cappello. Il vento le ha scompigliato i capelli in un attimo.

— "Stai guidando come se stessi scappando," ha detto lei, senza alzare la voce.

— "Sì."

— "Da me?"

— "Da me. E da te. E dal mondo."

— "Allora accelera di più. Voglio vedere se sai ancora morire con stile."

Abbiamo riso.

Fino al momento in cui la macchina ha sbandato in una curva più stretta, mi è scappato il volante, siamo quasi usciti di strada e lei ha urlato, in un misto di panico e piacere.

Rimanemmo lì, sull'orlo di un precipizio, fermi. Il motore tossiva. Le nostre risate erano nervose. Le mani tremavano, ma non per lo spavento.

— "Cristo, Leilac... se dovevamo morire, potevi almeno mettere una musica decente."

— "Tu urli meglio di qualsiasi playlist."

Mi diede una pacca sulla spalla, ridendo. Io rimasi a guardarla. Per un secondo, desiderai che il mondo esplodesse. Lì. Con lei. Con me. Con quel pezzo di strada e l'odore di vino che saliva dalla valle. Perché in quel momento... non ci mancava più niente.

Restammo cinque giorni nel Douro. Senza piani. Senza orologi. Senza passato. Solo vino, sudore e silenzi. Dormivamo nudi. Ci svegliavamo come se non avessimo mai dormito. Ci tuffavamo in piscina e perfino nel fiume. Mangiavamo poco. Ci toccavamo molto. Il suo corpo era memoria muscolare. La sua bocca, un luogo dove dimenticavo tutto.

Il terzo giorno, si svegliò prima di me.

Lasciò un biglietto sul cuscino:

"Oggi è il giorno della sorpresa. Dovrai fidarti di me. Porta solo il corpo. E il cappello."

Guidai senza sapere dove andavo. Mariangela sedeva accanto a me con un sorriso di chi sa più di quanto dovrebbe e dice meno di quanto potrebbe. Aveva un foulard annodato in testa, come in un film francese degli anni '70. Al volante, fingevo di controllare il destino, ma conoscevo solo il nome della strada, non quello del futuro.

— "Non me lo dici ancora dove andiamo?"

Lei mise i piedi scalzi sul cruscotto.

— "Hai promesso di fidarti."

— "Non ricordo di aver promesso niente."

— "Hai promesso col corpo. E quello vale di più."

Tacemmo. La radio era spenta. Il suono del motore e del vento bastava. Passammo per paesi che sembravano sospesi in un tempo in cui nessuno sapeva mentire. Asini all'ombra, vecchi che giocano a carte, balconi con panni stesi e santi di gesso sporchi a proteggere gli incroci. Lei ogni tanto indicava il fiume, o uno spaventapasseri storto, o un cane randagio che camminava come se portasse un osso sulle spalle.

A un certo punto, riconobbi la curva. Caldas de Aregos. Il nome mi suonava familiare. L'auto scivolò fino all'ingresso delle terme. La struttura moderna, ma già con la vernice bianca che si scrostava, mescolava l'odore di zolfo con un certo splendore del fiume che sembrava entrare dalla porta. Parcheggiai. Mariangela saltò fuori dall'auto come chi sa esattamente dove si trova e perché.

— "Vieni. Dovrebbe già starci aspettando."

— "Lui... chi?"

Ma lei già si allontanava. Salii i gradini dietro di lei. La sala della reception era vuota. Solo una ventola oscillava in un angolo, spargendo il caldo con una testardaggine patetica. La ragazza alla reception, con lo sguardo consumato, ci fece un cenno senza domande. Come se fossimo già iscritti in un'altra lista, una che non si vede.

Fu nella sala della piscina termale, tra vapori e il rumore dell'acqua, che lo vidi.

Seduto su una sedia di plastica consunta, in accappatoio bianco, occhiali scuri e i capelli lisciati all'indietro.

Don Pablo.

Vivo.

— "Hai un bell'aspetto per un cadavere," gli dissi.

Lui sorrise. Lento, senza fretta, come se avesse già provato quell'incontro.

— "Anche tu. Anche se più magro."

Mariangela si avvicinò a lui e gli baciò la fronte come si bacia un padre assente, ma ancora sacro.

— "Deve sapere tutto," disse lei.

— "Certo che deve," rispose Don Pablo. "E ora è pronto."

Mi sedetti senza chiedere permesso. Non c'erano più formalità tra noi. Solo l'urgenza di capire.

— "Eri morto. O almeno era quello che volevi facessimo."

— "Era quello che avevo bisogno credeste. Dovevo sparire per capire chi stava ancora giocando con me… e chi aveva già cambiato squadra."

— "E tua moglie? L'Inghilterra?"

— "È qui con me. È lì dentro, a fare un trattamento per la schiena. È arrivata con un jet privato della NetJets. La Toscin non sarebbe mai riuscita a rintracciare."

— "Figlio di puttana," mormorai, tra rispetto e rabbia.

— "Il problema con te, Leilac, è che non ti fidi di nessuno. Nemmeno quando ti salvano."

— "La fiducia è una corda sottile, Pablo. Si impara a spezzarla prima di imparare a usarla."

Mi porse una piccola scatola di legno. Dentro, due libri.

"Volta (ou escreve)"

"O Micas Apaixonado por Italia(na)"

— "Sei stato tu."

— "Certo che sono stato io. Ho pensato che Mariangela dovesse sapere che non eri solo in questa storia. E tu avevi bisogno di lei per ricordarti chi sei quando non stai lottando contro il mondo."

La guardai. Era seduta sul bordo della piscina, i piedi nell'acqua. Sembrava un'immagine del tempo sospeso.

— "Allora cos'è stato tutto questo? Solo per sparire un po'?"

Lui respirò a fondo. La barba incolta, lo sguardo più morbido di come lo ricordavo.

— "La Tesla stava crollando. Le posizioni short sono state il mio regalo d'addio. Ho fatto una fortuna. Non posso dirti quanto, ma con il resto ho quasi comprato una banca svizzera."

— "E il resto?"

— "Il resto è quello che devi ancora scoprire."

Rimanemmo lì fino a quando il sole cominciò a scappare via dalle finestre appannate.

La conversazione scorreva. Su Samana, nella Repubblica Dominicana, dove Pablo si era nascosto. Sul silenzio, il caldo, il mare che odorava di scusa. Sua moglie, che continuava a chiamare "mi flor de medianoche". Sulle e-mail che aveva scambiato con un contatto a Shenzhen. Su Tancredi. Su Navarro. Sui legami che non sapevamo esistessero tra Ambezzos, xAI e Tesla, coperti da fondazioni filantropiche con nomi di chiese e famiglie estinte.

— "Hai ancora molto da fare," disse lui, prima di salutarci. "Ma non ora. Oggi no. Oggi… scappate soltanto. Godetevi il Douro."

All'uscita, Mariangela gli strinse la mano. Io lo abbracciai. Non come chi ritrova. Come chi aveva già fatto il lutto e ora era costretto a rivivere il morto.

Tornammo allo Smart. Il cielo già sputava rosso. Il motore tossì pronto a svegliarsi.

Lei mi guardò.

— "Non ti piacciono ancora le sorprese?"

— "Dipende dalla sorpresa."

— "E questa?"

— "Questa… mi ha restituito il mondo."

— "Allora accelera. Prima che ci prendano."

E accelerai.

Come chi rinasce dalle ceneri con il corpo ancora in fiamme.

Dormimmo in una stanza senza lampada. La finestra dava sul fiume e sui rumori che non si vedono. Era come se il Douro respirasse accanto a noi, senza giudicarci, complice di ciò che lì si tesseva. Lei si addormentò per prima, con il braccio sinistro sul mio petto e la gamba piegata come se esitasse ancora. Finsi di dormire, ma il corpo era acceso. Non come una lampadina — più come un incendio lento.

Pensai ai libri. A "Volta (ou escreve)", quello che scrissi come se le urlassi dall'altra parte del muro. E a "Ultima Maschera", che lei aveva già letto fino al sesto capitolo. Me lo disse la sera prima, sdraiata, con la testa appoggiata sulla mia spalla e la voce più bassa di quanto dovrebbe essere legale.

— "Sai... non è quello che hai scritto che mi ha fatto tornare. È quello che hai scelto di non scrivere."

— "Come sarebbe?"

— "Potevi scrivere che Francesca era un delirio. Ma non l'hai fatto. E potevi omettere quel momento... in piscina, alla Vinagra... la sua nudità. Ma hai lasciato che il lettore vedesse tutto. Solo che il narratore — tu — non ha visto. Non ti sei lasciato vedere. Sei stato cieco di proposito. E questo... è amore."

Ingoiai a secco. Il corpo reagì prima della mente. Il cuore batteva come un tamburo tribale in una foresta bruciata. Non sapevo cosa dire. Non dissi nulla. Che è ciò che un uomo dice quando finalmente sta ascoltando.

Lei continuò:

— "E ora sono curiosa... come scriverai questo giorno? Racconterai tutto? Dirai che sei venuto con me a queste terme senza sapere perché? Dirai che hai tremato quando hai visto Don Pablo? Che ti sei sentito piccolo? Umano?"

— "Forse lo dirò."

— "E scriverai questa parte? Noi due. Qui. Ora. L'amore che abbiamo fatto."

— "Solo se me lo permetti tu. E se mi mostri cosa manca ancora da scrivere."

Lei sorrise. Si spogliò lentamente, come chi si spoglia della colpa. Rimase nuda davanti alla finestra aperta. Il riflesso del fiume si proiettava sulla sua schiena, come se la natura osasse tatuarla. Girai il corpo verso di lei. Mi alzai senza parole. Camminai fino al limite della paura e la baciai come chi si tuffa a occhi chiusi.

Il letto gemette, ma non protestò. Le lenzuola odoravano di tempo. Il suo corpo lo conoscevo a memoria, ma c'era una nota nuova — come una musica conosciuta suonata in un'altra tonalità. Lei mi afferrò le spalle con forza. Mi morse il labbro inferiore. Disse:

— "Fammi dimenticare ciò che ho vissuto. Ma non farmi dimenticare te."

E io obbedii. Come chi prega. Come chi uccide.

L'alba arrivò prima che l'orgasmo se ne andasse. Restammo lì, in silenzio, intrecciati, due corpi sudati che si rifiutavano di separarsi. Il Douro fuori seguiva il suo corso, indifferente, ma complice.

Lei mi chiese, già con la voce rauca di sonno:

— "E ora, Leilac? Scriverai questo capitolo come hai scritto gli altri? Con rabbia? Con maschera?"

— "No. Non questa volta."

— "Allora come?"

— "Con la tua pelle come carta."

Lei sorrise, ma gli occhi già si chiudevano.

— "Allora scrivi. Ma non mentire. Né a te. Né a me."

— "Prometto."

Ma sapevo che avrei fallito. Perché l'amore — quello — non si scrive mai tutto. Si traduce solo male.

Rimasi a guardare il soffitto, dove un piccolo ragno cercava di ricostruire la tela che il vento del pomeriggio aveva distrutto. E pensai: forse l'amore è questo. Una ricostruzione continua dopo il crollo. Un esercizio di pazienza senza garanzie. Una tela in cui ci lasciamo intrappolare di proposito.

L'ho chiamata Mariangela. Ma quella notte, poteva essere libertà.

I giorni che seguirono furono un lusso proibito: svegliarsi tardi, sudare piano e dimenticare il mondo. Non eravamo fuggitivi — eravamo sopravvissuti. Sopravvissuti a noi stessi, alla narrazione che ci hanno scritto a nostra insaputa, ai capitoli apocrifi che altri hanno scritto a nostro nome. Nel Douro, rinascevamo senza data di scadenza.

Passeggiavamo in silenzio, come chi teme che le parole dissolvano l'incantesimo. Lo smart roadster, vecchio ma vanitoso, ci portava per strade strette come promesse non mantenute. Mariangela portava sempre il cappello, ma non lo metteva mai bene — lo lasciava scivolare come se la testa non fosse sua. Io guidavo come chi cerca di domare un cavallo ubriaco: troppo veloce, a curvare senza giudizio, ma con una risata bloccata in gola.

Fino al giorno in cui la risata si liberò — in una curva presa male, in un dosso dimenticato, in una frenata tardiva. L'auto saltò come un ragazzino sul trampolino. Mariangela lanciò un grido, che si trasformò in risata prima ancora che arrivasse lo spavento. Il retrotreno girò, la macchina finì in un campo di ulivi, sepolta fino a metà nell'erba secca. Nessuno si fece male. Ma le cavallette protestarono in coro.

— "Sei un asso della guida," disse lei, con foglie addosso ed erba nei capelli che erano volati dentro dalla capote aperta.

— "Sei l'unica donna che è sopravvissuta ai miei incidenti e vuole ancora cenare con me."

— "Non so nemmeno se voglio vivere con te."

— "E io? Io so che voglio morire con te."

Lei mi lanciò una foglia che aveva incastrata nella camicetta.

Quella notte, sul balcone della casa affittata, lei si mise a leggere ad alta voce. Aveva stampato i primi capitoli di "Ultima Maschera". Li aveva letti a Milano, sottolineato passaggi, annotato ai margini e ora li rileggeva, come se cercasse di capire in quale momento il Leilac di carta fosse diventato l'uomo di carne davanti a lei.

— "Sai qual è la cosa curiosa?" disse, mentre accendeva una sigaretta che non aveva intenzione di fumare. "Questo capitolo, quello della piscina di Vinagra… poteva essere un cliché. Ma tu… tu hai girato il volto. Francesca nuda, davanti a te, e tu hai girato il volto. Hai scritto come chi scappa. Ma sai qual è la cosa peggiore? È che io capisco perché. Ed è questo che mi uccide."

— "Non sono scappato. Ho guardato. Ma non ho visto."

— "Bugiardo."

— "Forse. Ma l'ho fatto per te."

Lei si avvicinò, posò i fogli a terra e si sedette sopra di me.

— "Allora scrivi questo."

E mi baciò. Come se mi cancellasse.

L'ultimo giorno nel Douro, si svegliò di nuovo prima di me. Era seduta al tavolo della cucina, beveva caffè freddo e rileggeva il capitolo che avevo appena scritto la notte prima. Mi aveva rubato il portatile. Aveva scritto l'inizio di un nuovo capitolo — il nostro capitolo — con le sue parole. E lì aveva lasciato, nel titolo, solo una riga:

"A Mulher Que Voltou Sem Ter de Regressar."

— "Posso lasciare questo nel tuo libro?" chiese, senza guardarmi.

— "Se lo lasci, non è più mio. È nostro."

— "Forse è questo l'amore, Leilac. La resa finale. L'arrendersi."

— "O l'ultima maschera."

Si alzò, venne da me, e mi sussurrò all'orecchio:

— "Allora mascherati bene. Perché se sbagli… ti ammazzo."

Ridiamo.

Ma sapevamo entrambi che ciò che ci legava non era più la risata. Era qualcosa di più profondo, più sporco e più puro. Una fedeltà che non si spiega né si implora. Che o esiste o muore. E la nostra… aveva sopravvissuto alla verità.

Ore dopo, quando lei salì sul treno per Lisbona, io rimasi fermo in stazione.

Non salutai.

Lei non si voltò.

Ma sul vetro del vagone che aveva appannato col fiato leggero, c'era qualcosa scritto col dito. Quasi invisibile.

"28 passaggi bastano."

Sorrisi.

Sapevo dove l'avrei ritrovata.

E stavolta… sarei tornato a scrivere. Ma non da solo.

18

Il Giudizio Invisibile
Lisbona, 4 agosto 2025

Il processo contro la Ambezzo non iniziò con un boato, anche se aveva aperto la seconda parte di un telegiornale. Iniziò con la lentezza burocratica di uno sbadiglio mal trattenuto. Un decreto. Un numero di procedimento. Una giudice in carica da troppo tempo. Una promozione assurda della procuratrice della repubblica in nome del Ministero Pubblico. Ma io lo sapevo. Sapevo che quel processo era un terremoto travestito da azione collettiva. E come tutti i terremoti, il pericolo non stava nella prima scossa — stava nelle repliche.

Francesca apparve nel corridoio con lo sguardo di chi aveva già deciso che qualcuno sarebbe morto quel giorno. Portava un dossier in mano e i capelli raccolti in modo pragmatico, come chi non vuole che le emozioni le tocchino la nuca.

— "Abbiamo un traditore," disse, senza sedersi.

— "Sai chi?"

Lei posò il dossier come chi rovescia cenere sulla mia scrivania. Aprii. Nome: Sérgio Ciro Murteira. Non era uno dei grandi. Era uno dei medi — di quelli che sorridono troppo nelle riunioni e prendono appunti che non condividono mai.

— "Lui?"

— "Lui. Da due mesi ha iniziato a inviare nostri documenti a un avvocato della difesa della Ambezzo negli USA."

— "Quale avvocato?"

Lei non rispose subito. Stava masticando il nome come chi mastica vetro.

— "Davide Zapolet. È General Counsel della Ambezzo dal 2012, ma lavora per altri."

— "Allora per chi?"

Lei mi guardò. Lentamente.

— "Per OpenAI."

Sentii lo stomaco stringersi. Non per sorpresa. Per conferma.

— "Cosa c'entra OpenAI con tutto questo?"

Abbassò la voce.

— "Sono in alleanza con Bluesky."

— "Jack Dorsey?"

— "Jack Dorsey, sì. E non solo. C'è una linea diretta con Navarro. È un fronte organizzato."

— "Ma Jack Dorsey è contro Musk..."

— "Ed è per questo che sta con noi — o meglio, finge di stare. Ma quello che vuole è prendere il posto. Sostituire l'impero Musk con un impero pulito, con la faccia della libertà. Ma i metodi... sono gli stessi. O peggiori."

Chiusi il dossier. Era tutto lì. Conversazioni criptate. Log. Date. Perfino una selfie idiota di Sérgio con l'avvocato al bar del Four Season di Seattle.

Come aveva fatto un idiota del genere a sopravvivere così tanto tempo nella nostra struttura? Me lo chiesi.

— "Vuoi che me ne occupi io?" — chiese Francesca. E non parlava di un procedimento disciplinare.

— "Non ancora. Voglio usarlo."

— "Come?"

— "Lui pensa di manipolare. Ma sarà manipolato."

Lei annuì. C'era qualcosa in lei — quella mattina, con quei vestiti scuri — che la faceva sembrare meno un'alleata e più un'ombra. Forse era la luce del tribunale. Forse era la verità che voleva uscire dai pori.

L'udienza preliminare andò come previsto: lenta e inutile. Una delle avvocate della Ambezzo fece una domanda stupida all'ingresso: se volevamo trovare un accordo. La giudice sembrava intorpidita dal peso del processo. La difesa della Ambezzo si vestiva come banchieri e parlava come preti a fine messa. Io mi limitai a osservare.

Sérgio era fuori, lontano dai radar, in un bar vicino al tribunale. Sorridente. A rendersi utile. A passare fogli, correggere virgole e rispondere a richieste logistiche con un entusiasmo che poteva essere solo colpa. Lo guardai con calma. Evitava i miei occhi. Era un buon segno. La colpa è sempre il primo tratto di umanità in un traditore.

Poco dopo, finito il teatro in tribunale, Francesca si avvicinò a me nel bar dove stavo con Sérgio.

— "Abbiamo la conferma."

— "Di cosa?"

— "I trasferimenti tra Sérgio e la fondazione di Jack Dorsey — la Bluesky — sono passati per una società fantasma con sede a Tallin. Ho già triangolato. L'avvocato parla anche con Matin Rubik."

— "Quello della Florida?"

— "Proprio lui."

— "Figli di puttana..."

Lei non rise. Non era il momento.

— "E Navarro?"

— "Più complicato. Ma abbiamo la traccia. E-mail. Log. Gli header coincidono con quelli che abbiamo trovato a Bordeaux."

— "Quindi Tancredi...?"

— "Sta con loro. Non è mai stato con noi."

La mattina dopo, Rodrigo entrò in ufficio con la faccia di chi ha un'emicrania morale. Si sedette accanto a me e lanciò un foglio sulla scrivania.

— "Guarda qui."

Era una trascrizione. Una conversazione su un canale sicuro. Un estratto isolato. Ma la frase bastava:

"Lui crede ancora che il processo andrà a giudizio. Lasciamolo bruciare da solo. Poi ci prendiamo la narrativa."

— "Chi l'ha detto?" chiesi.

— "Sérgio. In una chat su Signal. Cancellata. Ma recuperata."

Alzai gli occhi. Eccolo lì. Il traditore. A ridere con un'assistente, a consegnare un dossier con la teatralità di un politico di provincia. I capelli stirati, la cravatta scura e l'espressione da impiegato efficiente.

— "Vuoi che lo affronti io?" chiese Rodrigo.

— "No. Non ancora."

Perché, a volte, il posto migliore per un traditore... è proprio dentro casa.

— "Sai cosa significa tutto questo, vero?" — mi disse Francesca, a fine giornata, con l'ufficio vuoto, sdraiata sul divano, una sigaretta accesa in una mano e il mondo che bruciava nell'altra.

— "Dillo tu."

— "Che siamo stati infiltrati."

— "Fa parte del gioco."

— "Ma non è solo questo."

— "Allora?"

— "È l'inizio della fine. Stai vedendo tutti i pezzi. Bluesky, Dorsey, OpenAI, Tancredi, Navarro. Sono tutti allo stesso tavolo. Solo che non giocano sulla stessa scacchiera."

— "E cosa vogliono?"

Lei lasciò cadere la sigaretta nel posacenere. Mi guardò. I suoi occhi avevano il colore di chi non perdona più nessuno.

— "Vogliono far fuori Musk. Ma non il sistema. Solo la figura. Per prendersi il trono."

— "Come sempre."

— "Sì. Come sempre. Il problema è che tu ancora credi che si possa distruggere il castello senza costruirne un altro dopo."

— "Forse. Ma io non ho mai voluto castelli. Volevo solo che i fantasmi avessero un nome."

Lei sorrise. Un sorriso piccolo. Triste. Come chi sa già che la fine sarà brutta.

— "E cosa farai?"

— "Ancora non lo so. Ma lui — il Sérgio — sarà l'esca."

— "Stai giocando col fuoco."

— "No. Sto solo riempiendo l'accendino."

Sérgio. Sérgio non era un Sérgio qualunque. Era il nostro Sérgio. L'uomo dei conti giusti, delle e-mail impeccabili e del blazer senza una piega. Si era insinuato nella struttura come un virus che sorride. Si faceva piccolo nelle riunioni, ma grande nelle decisioni. Meticoloso nel dettaglio e discreto nel vizio. Non mi ero mai fidato di lui. Ora sapevo perché.

Francesca l'aveva scoperto, ovviamente. Lei è il tipo di persona che vede il veleno prima del morso. Non ha urlato. Non ha affrontato. Mi ha solo passato un foglio scritto a mano, con quella sua grafia obliqua che usa quando vuole essere poetica e letale allo stesso tempo:

Cosa fare di un traditore quando non c'è un tribunale dove giudicarlo? Inventi il processo. Invisibile, sì. Ma reale come uno sparo nel buio. Giudicare Sérgio significava cancellargli i percorsi, tagliarlo dalle fonti e lasciarlo a respirare sabbia dove prima c'era ossigeno.

— "Non possiamo semplicemente espellerlo?" chiese Francesca.
— "No. Ovviamente no. Dobbiamo delegittimarlo in silenzio."
— "Come?"
— "Trasformando la sua reputazione in un dubbio."

Lei capì. Nessuno viene davvero distrutto in un tribunale — è nel pettegolezzo, nel silenzio carico di sospetto e nel sussurro che precede il nome. Avremmo ucciso Sérgio con l'ambiguità.

Il primo passo fu cancellargli le tracce delle vittorie. Tutto ciò che rivendicava come opera sua — dossier, strategie, contatti — lo attribuimmo ad altri. A Inés, a Rodrigo, a uno stagista oscuro che nemmeno aveva un nome. I meriti evaporarono come vapore su uno specchio.

Poi, l'avvelenamento lento. Informazioni false, piantate dove sapevamo che cercava protagonismo. Lasciammo una "fuga" — rapporti con errori voluti, che lui avrebbe portato alla difesa di Ambezzo. Dentro quei rapporti: tracce digitali con la sua firma.

Dopo una settimana, Sérgio iniziò a perdere inviti. Prima alle riunioni, poi alle call. Le sue e-mail non ricevevano più risposta. I sistemi cominciarono a chiedergli di nuovo la password. E quando la inseriva... accesso negato.

Toscin lanciò la mossa finale: l'allucinazione reputazionale.

Creò profili falsi su Mastodon, Reddit e persino su un forum giuridico oscuro usato dagli insider della DG COMP. Diffuse la teoria che Sérgio fosse una doppia spia — assunto da Bluesky, ma in realtà pagato da Musk. Un mercenario senza fedeltà, un voltagabbana con una storia di sabotaggio interno.

Fu brutale. E non lasciò traccia. Lui non capì cosa gli stava succedendo. Sentiva solo l'aria farsi più rarefatta.

Lo incontrai per caso a un dehors del Cais do Sodré. Era pallido, gli occhi infossati, con l'espressione tipica di chi sente che il terreno si sta allontanando, ma crede ancora che sia solo vertigine.

— "Leilac... ho sentito un certo... allontanamento."

— "Da parte di chi?"

— "Di tutti."

— "Forse stai vedendo fantasmi."

— "Tu sai qualcosa?"

Sorrisi. Quel sorriso che non dice né sì né no. Che conferma solo che c'è qualcosa dietro il sipario, ma il sipario non si alza mai.

— "C'è sempre qualcosa, Sérgio. La domanda è: cosa?"

Lui scosse la testa, nervoso.

— "Voglio solo fare il mio lavoro."

— "Già. Il problema è che ti sei dimenticato quale fosse."

Mi alzai. Lo lasciai lì, con il caffè ormai freddo e la colpa a cuocergli le dita. In lontananza, lo sentii chiamare il mio nome — come se potesse riportarmi nel gioco che aveva già perso.

Più tardi, in hotel, Francesca brindò con me con un bicchiere di vino rosso che sapeva di vendetta sottile.

— "Ha capito?"

— "Neanche per sogno. Crede ancora che sia stata sfortuna. Che il mondo gli si sia rivoltato contro per caso."

— "E pensi che parlerà?"

— "Può parlare. Ma chi lo ascolterà?"

Lei rise. Quella risata breve, senza suono, che solo lei sapeva usare come punteggiatura.

— "E adesso?" — chiese.

— "Adesso puliamo tutto. E andiamo avanti. C'è altra merda da scavare."

— "Tancredi?"

— "Navarro, Dorsey, Samuel Benson... tutti collegati. Ma il prossimo passo non è con loro."

— "Con chi, allora?"

Presi il dossier che Toscin mi aveva inviato quel giorno. Aprii alla pagina segnata. Un nome: Alejandro Vega. Ex agente della NSA. Attuale CEO di una società fantasma usata per transazioni tra Tesla e una startup di IA a Shenzhen. Un nome nascosto tra i server di Bordeaux. Un nome che, fino ad oggi, nessuno aveva collegato a Musk. Solo io. E ora Toscin.

— "Questo è il nostro prossimo processo," le dissi.

— "Anche questo invisibile?"

— "Il più invisibile di tutti."

19

Una Donna Prende la Parola
Bruxelles, 14 agosto 2025

L
o sapevo che la giornata sarebbe stata un testamento incendiario appena vidi il volto di Inés Tarela riflesso sullo schermo del telefono — un'espressione che mescolava inquietudine e una scintilla di furia, come chi si prepara a far crollare non solo i muri, ma le fondamenta stesse. Non era nuova a questo. Nella voce portava la gravità di chi traffica in contraffazioni di potere da prima ancora di saper pronunciare la parola "influenza". Ma quella mattina, la sua intonazione suonava come una lama senza fodero.

Mi alzai dal letto nell'hotel di Bruxelles, ancora intirizzito da una notte quasi senza sonno, e portai il telefono all'orecchio mentre cercavo i pantaloni buttati in un angolo. La voce di Inés mi arrivava tremante, più per l'impeto che per la paura, ma c'era una rabbia concentrata che non mi ingannava: era nelle ultime trincee prima del salto.

— "Ascolta," disse appena risposi, senza nemmeno confermare che fossi io dall'altra parte. "O il Parlamento Europeo prende in mano questa cosa subito, o finiranno tutti sepolti in un mare di menzogne tecnologiche di cui nemmeno conoscono la provenienza."

Strinsi il telefono contro l'orecchio e le restituii un mormorio studiato:

— "Respira. Prima respira e poi raccontami tutto."

Lei non respirò. Continuò come se ogni parola fosse una pinza che stringeva la propria lingua.

— "Le prove sono con me. Ho avuto accesso a e-mail e log che confermano il connubio tra Tesla, la piattaforma X e xAI e i fondi americani. C'è un allegato enorme di trasferimenti, date, corrispondenze tra direzioni di lobbying e politici dell'UE... è più sporco di quanto immaginassi. Coinvolgono la manipolazione di direttive ambientali, il silenziamento delle proteste e l'acquisto di interi sottocomitati. E non solo. Ci sono falle nell'integrità del DSA. Stanno usando le lacune per far passare disinformazione a palate."

Chiusi gli occhi, sentendo il sangue agitarsi. Tutto combaciava troppo bene con i pezzi che io, Francesca e Toscin stavamo mettendo insieme, con le azioni legali che Rodrigo cercava di spingere avanti, con tutta la merda che Don Pablo — vivo o ancora morto — aveva dissotterrato prima di sparire. Avevamo bisogno di Inés. Lei aveva quella voce in Parlamento capace di amplificare ciò che nessuno voleva sentire. Ma era più di questo: veniva da una costola della Commissione in tempi passati, conosceva i corridoi e i sotterranei. Sapeva i nomi e i volti giusti, o sbagliati, per colpirli dove faceva più male.

— "Inés," mormorai, indossando la camicia senza abbottonarla. "Basta per un'audizione formale?"

— "Basta per dieci," ringhiò lei. "Se il Parlamento e la Commissione hanno le palle, questa roba esce dai retroscena e finisce in prima pagina. E forse così si può fermare la putrefazione."

Riattaccai dopo aver concordato con un "sì" basso.

Dovevo organizzarmi — e vedere se Francesca e Rodrigo erano allineati. Ultimamente quei due si muovevano come satelliti fuori orbita.

Mi concentrai a vestirmi con la fretta di chi non vuole perdere tempo a pensare. Bruxelles, con quel fiato d'aria congestionata dai palazzi massicci e dagli uffici senza finestre, era il posto dove la verità o si imponeva con coraggio, o affondava nel fango delle formalità.

Arrivai al Parlamento Europeo in taxi, ancora con la colazione incollata allo stomaco. Inés Tarela era già lì, all'ingresso, vicino a una delle colonne di ferro. Indossava un tailleur nero, scollato quanto bastava a mostrare che non aveva né pudore né paura, e una sciarpa rosso scuro a stringerle il collo, come fosse il colore di un sangue vergognoso che non arriva a sgorgare. Quando mi vide, non sorrise. Sollevò solo il mento.

— "Chi parla oggi, io o tu?" chiesi, con un tono che la metteva al comando della situazione.

— "Prendo io la parola, ma ho bisogno che tu confermi, passo dopo passo, la solidità di quello che esporremo," disse lei, con voce senza esitazione. "Il mio ufficio si fida delle tue 'carte'. E tu ti fidi della mia capacità di amplificare?"

— "Fidarsi è una parola strana. Ma sì."

Era il massimo che riuscivo a dire. Da mesi scavavo la fossa dell'Ambezzo, di X e dell'impero Tesla. Ora toccava a lei, a Inés, presentare la diagnosi in pubblico — senza la merda delle diplomazie.

Dentro il Parlamento, un labirinto di corridoi asettici, segnaletica confusa e facce che non sapevano più se fossero funzionari, assistenti o mercenari a pagamento. Inés apriva la strada senza chiedere permesso, con il pass appeso al collo come fosse un sigillo di guerra. Io la seguivo, sapendo che non dovevo mostrare insicurezza. Lì, anche un battito di ciglia era inteso come una posizione politica.

Arrivammo alla sala del comitato speciale. Dalle porte socchiuse si vedeva una manciata di deputati europei e assistenti, alcuni nervosi, altri annoiati. Qualche volto che riconobbi: gente della DG CONNECT, delle sottocommissioni Digital e Mercato Interno, e persino un paio di nomi che bisbigliavano in un angolo, sguardo riservato, senza mai posare la mano sul telefono (segno di chi è troppo dentro la questione per voler lasciare tracce).

— "Hai tutto?" chiesi a Inés.

Lei indicò la cartella blu che stringeva contro il petto.

— "Anche prove di collusioni finanziarie. Se Musk e quei fondi americani provano a negare, abbiamo i log dei pagamenti nascosti,

leve illegali, screenshot di e-mail e indici di manipolazione dei trending topic. E altro: ci sono registri di messaggi diretti su X — che
dovevano essere criptati, ma sono stati intercettati. Tesla offriva
vantaggi a chi spingeva narrazioni 'pro-imprenditorialità nordame-
ricana' e di estrema destra, cioè, pro-follia. X, invece, ha nascosto
agli europei i suoi algoritmi, calpestando il DSA."

Strinsi il pugno. Pensavo a Don Pablo, allo short che aveva fatto
sulle azioni Tesla, al messaggio cifrato che mi aveva lasciato.
L'uomo aveva intravisto prima di tutti noi il grado dell'infestazione.

La seduta iniziò con un formalismo codardo: qualche parola del
vicepresidente del comitato, un'altra del relatore che non diceva nulla, poi passarono la parola a Inés. Lei si alzò, posò la cartella sul
tavolo, sistemò il microfono e respirò a fondo — e in quel respiro
sentii che qualcosa si tendeva dentro di me, come un elastico pronto
a scattare.

— "Signore e signori deputati, grazie per l'opportunità. Sarò
breve. Oggi vi porto prove concrete di una rete occulta che unisce
Tesla, la piattaforma X e xAI, diversi fondi d'investimento norda-
mericani e interessi politici che si infiltrano nell'Unione. Questa rete
aggira le regole, manipola dati, alimenta disinformazione e cor-
rompe il dibattito pubblico in aree critiche — dal cambiamento cli-
matico alla politica industriale, passando persino per la guerra di
narrazioni sulla sicurezza interna e la promozione di agende di estrema destra."

Silenzio in sala. Alcuni aggrottarono la fronte, infastiditi. Altri
finsero di annotare qualcosa che non esisteva. Lei proseguì:

— "Non stiamo più parlando di fake news vaghe. Parliamo di
algoritmi costruiti apposta per indirizzare emozioni, attaccare avver-
sari e promuovere instabilità. È un'offensiva politica, che usa tecniche di Big Data, basi segrete finanziate da fondi opachi e un modus
operandi che, finora, è stato ignorato. E chiedo: siamo, come legis-
latori europei, disposti a mettere la testa sotto la sabbia?"

Alcuni membri si scambiarono sguardi nervosi. Uno di loro, con
un abito male assortito, intervenne:

— "Sta dicendo che esiste un complotto transatlantico per condizionare la politica interna europea? Si rende conto di quanto siano gravi queste accuse?"

Inés sollevò il sopracciglio in un gesto freddo, quasi sprezzante. E passò la mano tra i fogli:

— "Gravi sono le prove che vi mostrerò. Ho qui e-mail tra dirigenti Tesla e rappresentanti di X, dove discutono la necessità di 'silenziare' voci critiche tramite moderazione pilotata. Ho trasferimenti di capitali per corrompere lobbisti a Bruxelles. Ho registri di riunioni tra fondi americani e commissari europei, tutto che ruota attorno a X e Tesla, in un gioco di interessi che favorisce il caos e la manipolazione online. E, se mi permettete, questa è solo la prima mano."

Ci fu un mormorio. Mi avvicinai a lei, con un movimento trattenuto, e sussurrai:

— "Vai piano, reagiranno se ti sentono troppo aggressiva."

Lei mi guardò come se fossi uno sciocco. E aveva ragione: non c'era più spazio per la morbidezza. Mi diede un colpetto leggero sulla mano, segno che il momento lo teneva lei.

— "Il settore automobilistico, che si diceva 'verde', ora stringe alleanze clandestine con corporation tecnologiche per influenzare politiche di mobilità e ambientali. Tesla non è più solo un'azienda di auto elettriche — è diventata un gigante dei dati, una piattaforma di sorveglianza, manipolazione e robot, alleata a X e ai fondi che la sostengono. E questi fondi sono gli stessi che minano le elezioni negli USA, promuovono colpi di comunicazione e si infiltrano nelle commissioni del Parlamento Europeo. Arrivano persino a favorire l'indebolimento dell'Ucraina nella guerra contro la Russia."

Questa volta, un deputato biondo, con gli occhi spalancati, alzò la voce:

— "Esigo prove concrete. Nessuna azienda può essere accusata così senza evidenze sottoposte a scrutinio pubblico."

Inés respirò a fondo e mi passò uno dei fogli. Annuii con la testa.

— "È per questo che sono qui," disse lei, trattenendosi con la dignità di chi sa che il prossimo passo è dinamite. "Le prove mi sono state consegnate da varie fonti indipendenti. Sono criptate e, per evitare 'incidenti', ho creato copie multiple. Al termine di questa seduta, le fornirò formalmente, con la dovuta autenticazione e la dovuta protezione dei dati sensibili. Se volete rifiutare l'esame, affar vostro. Ma poi assumetevi le conseguenze."

Ci fu un brusio. Un assistente bisbigliò qualcosa all'orecchio di una deputata polacca, che aggrottò la fronte. Altri si agitavano sulle sedie come in un nido di vespe. Io vedevo tutto dalla laterale, con il battito trattenuto, ma a bruciare in un residuo di adrenalina. Serviva che fosse forte e rapido — prima che trovassero il modo di insabbiare.

Un uomo di mezza età, capelli radi, si alzò e chiese la parola. Aveva accento tedesco. Guardai Inés, che mi restituì lo sguardo, come chi anticipa ciò che sta per arrivare:

— "Calmiamoci," iniziò lui. "Tanta speculazione non aiuta a trovare la verità. Tesla è una società quotata in borsa, soggetta ad audit. X è una piattaforma che dice di rispettare la legge. Possono esserci falle, ma non facciamo allarmismo."

Inés tamburellò le dita sulla cartella blu, come fosse un codice Morse.

— "Onorevole, qui non c'è speculazione. Abbiamo log di moderazione di X che mostrano come certe hashtag venivano spinte artificialmente tra i 'trend' nei giorni precedenti a votazioni cruciali in Parlamento. Hashtag contro la tassazione verde, contro direttive climatiche, che coincidevano con prese di posizione a favore di Tesla o di investitori legati a Tesla. Queste non sono voci; sono metadati validati."

In quel momento, decisi di intervenire. Sistemai il microfono:

— "Posso confermare, dal punto di vista tecnico. La quantità di anomalie statistiche — di bot, di ripetizioni di IP, di menzioni coordinate — indica una manipolazione intenzionale. E le comunicazioni interne della Tesla suggeriscono che i dati raccolti dalle automobili e dagli utenti di X sono stati usati per prevedere le reazioni emotive a determinate proposte legislative. Attenzione: stiamo parlando di un'interferenza diretta sulla sovranità europea."

Cadde un silenzio pesante. Vidi due o tre assistenti uscire dalla sala con il telefono in mano. Forse per spargere la bomba là fuori. Forse per chiedere istruzioni a capi lontani e anonimi.

Inés ruotò il corpo, voltandosi verso l'altro lato della sala, dove sedevano i deputati più scettici:

— "Siamo ancora in tempo per fermare questa ingerenza, o preferite voltare lo sguardo finché la situazione non sarà irreversibile? Io ho portato fatti, non opinioni. Se volete insabbiare, fatelo alla luce del sole, davanti al mondo."

Aprì la cartella e tirò fuori fogli stampati, stringendoli con forza. In fondo, un uomo dall'aria annoiata alzò la mano per chiedere la parola, ma Inés lo ignorò, continuando:

— "È inammissibile che, in un momento in cui l'Unione Europea si vanta di essere leader nella regolamentazione digitale, una delle sue maggiori piattaforme — X — stia sabotando il DSA. E, di conseguenza, distruggendo qualsiasi credibilità abbiamo nei dibattiti chiave. Questa è una sabotaggio commerciale e politico, con Tesla a tirare fili dove molti parlamentari nemmeno immaginano che ci siano fili da tirare."

L'intensità delle sue parole elettrizzò l'aria. Alcuni ripresero a prendere appunti. Altri fissavano il vuoto, paralizzati.

— "Chiedo," proseguì, "che questo comitato trasmetta questi dati a un'inchiesta formale. E che notifichi la DG CONNECT, la DG COMP, la DG JUST e la DG FISMA perché attivino immediatamente sanzioni provvisorie contro X. Finché non ci sarà chiarezza sugli algoritmi e una vera accountability, che venga multata o addirittura bloccata sul territorio dell'Unione Europea, se necessario."

Quella frase fece tremare la sala. Bloccata. Quello era il colpo più duro. X — o Twitter, com'era un tempo — dipendeva dall'Europa per buona parte della sua rilevanza globale. Annunciare un blocco era minacciare il centro della scacchiera.

Qualcuno chiese la parola, ma Inés non lasciava il microfono.

— "E ancora. Dobbiamo chiedere a Tesla di spiegare perché condivide i dati dei conducenti con progetti di intelligenza artificiale che, a quanto pare, sono collegati a fondi americani di natura dubbia. Non si tratta solo di privacy; si tratta di ingegneria sociale. Manipolare, spingere emozioni verso alcuni e silenziare le voci di altri. È un'orchestra macabra."

Solo in quel momento si fermò e lasciò respirare la sala. Mi passò il microfono. Sentii il metallo scottarmi la mano, quasi fosse incandescente. Parlai senza grandi preparativi:

— "Mi costa dirlo, ma siamo a un bivio. O cogliamo questo momento per esigere responsabilità, o compiaciamo un colpo di Stato digitale. Guardate Tesla: teoricamente un'azienda di auto e batterie, che però non si fa scrupolo a canalizzare denaro per manipolare i discorsi nell'Unione. Guardate X: una volta un social network, ora uno strumento di ingegneria mentale. Aggiungete i fondi americani legati alla speculazione globale. Se non fermiamo qui, dove lo fermiamo?"

Ci fu uno scambio di sussurri, un brusio collettivo. Si percepiva nell'aria lo shock: parte della sala ancora cercava di digerire. Parte cominciava a mostrare segni di voler impugnare l'ascia di guerra.

Dopo che molte voci si accavallarono in argomentazioni tecniche, domande su legittimità e ammissibilità delle prove, il relatore si alzò, asciugandosi il sudore dalla fronte con un fazzoletto bianco, e dichiarò:

— "Signora Tarela, signor... Leilac. Vi ringraziamo per la testimonianza. Questo comitato straordinario porterà il materiale alla Conferenza dei Presidenti per decidere se avviare un'indagine ufficiale approfondita. Ma, nel frattempo, non si possono aspettare azioni drastiche senza il dovuto iter. E dobbiamo validare l'autenticità di ogni documento."

Inés rimise i fogli nella cartella, con un gesto di sfida.

— "Se deciderete di ignorare, avrete il popolo alle calcagna. Se deciderete di fermare Tesla e X, avrete anche i lobbisti alle costole. Ma, signor relatore, non c'è una terza via. La verità è qui. Ora scegliete cosa farne."

Vidi l'espressione stanca sul volto di alcuni. E la furia trattenuta su quello di altri. La politica, in giorni come quello, era un serpente che si morde la coda.

La seduta si chiuse con un fremito. I giornalisti si radunarono attorno a Inés, sputando domande a cui lei rispondeva con una calma severa. Io rimasi in disparte, cercando di digerire le ripercussioni. Francesca mi aveva promesso che ci saremmo incontrati fuori, con Rodrigo e Toscin in collegamento remoto. Dovevamo sincronizzare le azioni legali in corso e assicurarci che le prove non finissero in un cassetto. Ma prima, rimasi a osservare Inés.

Agitava le mani, stringendo i fogli, rispondendo a ciascuno con una lucidità quasi crudele:

— "Sì, posso confermare. Ci sono messaggi diretti tra Musk e X, scambiati nel cuore della notte. Sì, Tesla finanzia progetti di disinformazione che riguardano politiche europee. È tutto qui."

Sapevo che questo era solo l'inizio della tempesta. La nomenclatura del potere raramente si piega senza sprigionare scintille. Sarebbero arrivate tentativi di screditare Inés, di accusarla di essere radicale o interessata. Sarebbero arrivate minacce velate e inviti a cene di riconciliazione. La solita merda, avvolta in fiocchi di retorica comunitaria. Ma lei era pronta.

Fu davanti al Parlamento che li vidi. Due uomini alti, in abito grigio scuro, ciascuno con un discreto auricolare elettronico. Sembravano comparse di un film americano, ma lì, a Bruxelles, si insinuavano meglio. Quando ci avvicinammo, uno di loro si fece avanti verso Inés:

— "Vorremmo parlare con lei in privato. Abbiamo istruzioni per un'eventuale riunione con la signora Tarela."

Inés fece un passo indietro, mettendomi una mano sul braccio.

— "Non ho riunioni non programmate," disse, secca. "Se volete, fate richiesta tramite ufficio."

L'uomo non batté ciglio. Indietreggiò, mantenendosi a mezzo metro di distanza, e disse qualcosa di impercettibile all'auricolare. L'altro lo seguì e si allontanarono come chi non vuole problemi — ma tutto nel loro corpo tradiva che quello era solo un primo avvertimento. Sorrisi a Inés, un sorriso che uscì più come una smorfia.

— "Benvenuta alla fase finale. O iniziale," commentai.

Lei sistemò la cartella sotto il braccio, ignorando i due uomini della sicurezza a distanza, e mi fece un cenno con la testa:

— "Ho una conferenza stampa tra venti minuti. Dopo, voglio che tu faccia arrivare le prove a Toscin. Non mi fido di nessun altro per metterle al sicuro."

Annuii. Sapevo che era rischioso anche per Toscin. Ma non c'era alternativa. Avevamo bisogno che qualcuno di fiducia duplicasse tutto in data-room sparse. E Francesca, per quanto mi fidassi, era sotto gli occhi di troppa gente.

In fondo, tutto si riduceva allo stesso: la verità è una specie di sostanza radioattiva; chi la porta, si espone alla contaminazione. E Inés Tarela, quel giorno, si era offerta volontaria per afferrare il nucleo bollente, portandolo fino alla tribuna.

Mentre si allontanava, con i giornalisti intorno, mi fissai sul volto di un assistente dai lineamenti scarni che la accompagnava. Sembrava mordersi il labbro, nervoso. Forse era solo la reazione naturale di chi vede la propria capa infrangere le convenzioni. Forse era altro.

Sospirai.

Lanciai lo sguardo verso il cielo informe di Bruxelles. Auto, sirene, clacson, pedalate di biciclette, ambulanze pigre, turisti ignari... La città pulsava, indifferente ai retroscena del proprio destino. E io, lì, a sentirmi solo un bullone allentato in un ingranaggio gigante, ma ancora convinto che un bullone allentato possa far crollare un ponte.

Pochi minuti dopo, ricevetti un messaggio da Francesca:

"Ci vediamo allo stesso bar di sempre. Porta novità."

Sorrisi. Il "bar di sempre" era un posto anonimo vicino a Place du Luxembourg, con tavoli di legno e birra calda, dove a Francesca piaceva confondersi con i lobbisti di terza categoria, senza che mai capissero chi fosse. Il nostro punto neutro. Forse era solo un modo per dirmi che era tutto a posto. O che tutto stava per smettere di esserlo.

Inés Tarela aveva preso il comando. Quello che era iniziato come un insieme di sospetti e documenti sparsi era ora in un'arena pubblica. Il Parlamento Europeo, anche se pieno di viltà, era un palco d'eco. E se qualcuno avesse tentato di uccidere la storia, almeno avrebbe dovuto sporcarsi le mani davanti a molta gente.

In fondo, sapevo che questo era il capitolo in cui la donna prendeva la parola. E né Tesla, né X, né i fondi americani, con tutto il loro denaro e tentacoli, avrebbero potuto zittirla senza sollevare macerie. Dovevano fare un altro tipo di mossa, una che ancora non vedevo. Dovevano trovare un altro modo per minare la sua credibilità — o la mia, o quella di tutti noi.

Ma mentre camminavo verso il bar, ricordavo Don Pablo, lo short titanico che aveva lanciato sulle azioni Tesla. Ricordavo Mariangela, che mi sussurrava, da qualche parte nel Douro, che il coraggio più grande è rischiare di amare anche quando non ci sono garanzie di nulla.

Forse era questo che tutti noi, Inés compresa, stavamo facendo ora: amare la verità senza garanzie, sapendo che la caduta poteva essere letale. Ma l'unico modo per distruggere le maschere è gettarle nel fuoco o lanciarle al centro del palco, dove la luce è forte e non c'è posto per nascondersi.

Inés Tarela l'aveva fatto.

E ora, anche se avesse voluto tornare indietro, non avrebbe potuto.

20

La Morte di Trump
Madrid, 18 agosto 2025

Il caffè sembrava respirare un vapore torbido che mescolava fumo e calore, un luogo senza stagione definita, come se fluttuasse in un limbo tra l'alba e il crepuscolo. Entrai, senza riconoscere nemmeno la mia stessa ombra incollata al pavimento. Le sedie erano disposte in modo strano, alcune rovesciate sui tavoli, e nell'aria c'era un odore dolciastro mescolato a qualcosa di metallico — forse ruggine. La luce che tremolava nelle lampade del soffitto creava un lampeggiare irregolare, accecando i miei occhi.

— "Siediti," disse lei, senza alzare la voce. Era appoggiata al bancone, i capelli scuri raccolti in un elastico, ma alcune ciocche le sfuggivano sulla fronte. Fece due passi e lasciò scivolare un mazzo di fogli sul tavolo più vicino. "Devi leggere questo prima di impazzire ancora di più."

Riconobbi la sagoma di Francesca, anche se il suo volto sembrava più affilato di come lo ricordassi, come se la tensione le avesse scavato gli zigomi. Mi avvicinai, i piedi che si incollavano al pavimento appiccicoso. Nessun altro esisteva nel caffè, solo noi e quel ronzio sottile di macchinari elettrici. Sentii un nodo salirmi in gola.

— "Cosa hai lì?" chiesi, con la voce impastata. Non ricordavo di essermi svegliato, tanto meno di essermi addormentato, ma ero lì, in piedi, con una giacca che mi stava a malapena, senza sapere che ora fosse.

Francesca sollevò leggermente il mento. I suoi occhi sembravano castani, ma c'era un bagliore dentro, una specie di scintillio bagnato.

— "Due dossier. Non chiedere come sono arrivati nelle mie mani, né chi li ha firmati. Leggi e basta."

Mi sedetti. La sedia scricchiolò, come se stesse per rompersi. Davanti a me, fogli stampati con una scrittura densa, alcune zone annerite, altre sottolineate con penna rossa. Il titolo, stampato in maiuscolo, offuscava la mia percezione:

"DOCUMENTO CLASSIFICATO
LIVELLO DI ACCESSO: SOLO PER GLI OCCHI
CODICE: UCRAINA/TSAR-9
OPERAZIONE WINTER FOX
OBIETTIVO PRIMARIO: DESTABILIZZAZIONE PO-
LITICA DEGLI USA E RE-INGEGNERIZZAZIONE
DELLE ALLEANZE GLOBALI
AUTORIZZATO DA: [REDACTED]
SCADENZA: ELEZIONI PRESIDENZIALI AMERI-
CANE"

La mia bocca si fece secca. Continuai a leggere, sentendo il cuore battere con un ritmo strano.

Parlava di infiltrazione di narrazioni sulle piattaforme, su X (lì ancora con alcune note al suo vecchio nome Twitter), su Meta, su Reddit, su TikTok; di creazione di account fantasma pro-Trump, di manipolazione di hashtag che sfruttassero divisioni sociali.

Lessi termini come "falsi leak," "hacker russi," "operazioni di caos istituzionale."

La descrizione sembrava una coreografia oscura dove migliaia di persone sarebbero manipolate senza sospettarlo.

Francesca non si mosse. Sentivo il suo sguardo trapassarmi il cranio, come se valutasse ogni emozione che mi attraversava il volto.

Continuai a sfogliare:

"FASE 2: CAOS ISTITUZIONALE," "OPERAZIONE
BARRICATA"

"Assassinio simulato: Un attore pro-Trump «ucciso» da antifa."

Inghiottii a fatica.

L'ultimo passaggio parlava di un "colpo finale", con un discorso preregistrato di Trump che dichiarava sospensioni costituzionali. Sembrava la messinscena di un incubo distopico: "Solo io posso fermare questa guerra civile!" Tutto pianificato nei minimi dettagli, perché lui apparisse come salvatore ultimo.

— "Non può essere vero," mormorai, sentendo la mia voce lacerare il silenzio del caffè. "Sembra la pagina di un romanzo da quattro soldi."

— "Credimi che è tutto reale," continuò lei, appoggiando i gomiti al bancone. "E c'è dell'altro." Poi prese un altro mazzo di fogli.

"DOCUMENTO CLASSIFICATO – REVISIONE 2.0
LIVELLO DI ACCESSO: SOLO OCCHIO NERO
CODICE: SHADOW CROW / TSAR-9-ALFA
OPERAZIONE BLACK FENIX
OBIETTIVO PRIMARIO: ELIMINAZIONE DI DONALD J. TRUMP E CAOS CONTROLLATO NEGLI USA
AUTORIZZAZIONE: [REDACTED] (Livello Presidenziale Ucraino)
SCADENZA: PRIMA DELLE ELEZIONI DEL 2024"

Rabbrividii.

"Eliminazione di Donald J. Trump."

Lessi di nuovo quella frase come se fosse una sentenza e capii che non si parlava di una semplice sabotaggio politico, ma di una morte pianificata.

Aprii e lessi le fasi descritte:

"Preparazione dello scenario"

"Falsi attacchi informatici" collegati a hacker russi

"Assassinio di un deputato repubblicano da parte di un «antifa infiltrato»."

Era tutto clinico, dettagliato, come se fosse la sceneggiatura di una guerra ibrida.

Si parlava di un'esecuzione a un comizio a Dayton, Ohio, da parte di uno sniper travestito da sostenitore MAGA e di un successivo caos programmato — manifestazioni violente, legge marziale e ascesa di Kamala Harris. Un piano di ingegneria geopolitica, senza traccia di morale.

Guardai Francesca, che restava rigida, con il volto teso.

— "Questo è per farmi impazzire del tutto, vero?" chiesi, sentendo che il pavimento del caffè minacciava di crollare. "Perché se questi due progetti esistono — uno per glorificare Trump come salvatore di un paese in fiamme, l'altro per abbatterlo e fabbricare un martire — allora l'America è intrappolata in un labirinto senza via d'uscita."

Lei annuì, senza sorridere. Fece il giro del tavolo, si avvicinò a me, si chinò e parlò quasi all'orecchio:

— "Non so quale dei piani stiano mettendo in atto. C'è gente che tira i fili in ogni angolo. Trump può essere solo una pedina, anche se lui crede di essere il re."

Respirai a fondo. Il caffè intorno a me sembrava distorcersi, come se sedie e tavoli crescessero e si restringessero a ritmo del mio battito.

— "Ma Trump...," mormorai, "è il tipo di individuo che si rifiuta di cadere nella banalità di un gioco altrui. Vuole essere il centro, si nutre di adulazione. Ha quel narcisismo malato — sente il bisogno di proclamarsi 'il migliore, il più grande', di schiacciare ogni critica con un arsenale di insulti e cospirazioni."

— "Esatto," ribatté lei. "È un uomo che si crede intoccabile, senza alcuna empatia per le conseguenze. E tu sai come reagisce alle contrarietà: esplode, sputa teorie senza fondamento e semina sfiducia. È un vero pazzo. Se questi documenti sono veri, c'è chi si prepara a usare proprio questa sua impulsività."

Sentii le mani tremare. Mi toccai il polso per assicurarmi che avessi ancora battito. Persino l'aroma del caffè — quel tipico odore di polvere macinata — sembrava fuori posto. Sbirciai il bancone e notai che non c'erano né camerieri né clienti. Eravamo soli, nell'eco di una musica che non esisteva. Scossi la testa. Qualcosa non tornava, ma non sapevo cosa.

Allora la Francesca mi avvicinò un altro foglio, con annotazioni a penna:

"*RISCHIO/RICOMPENSA*
Se riuscito:

Trump diventa martire della destra, ma il suo movimento viene schiacciato.
L'Ucraina ottiene lo status di «alleato indispensabile» dell'Occidente."

— "Renderlo martire... o renderlo salvatore. In entrambi gli scenari, c'è chi ci guadagna," constatai. "Sembra che ucciderlo serva comunque ad alimentare un'isteria che, alla fine, può portare allo stesso vortice di violenza."

Lei fece scorrere l'indice sulle righe sottolineate.

— "Oltre al narcisismo e alla mente manichea, c'è una bassa tolleranza al fallimento. Trump dà sempre la colpa agli altri, parla di frode quando perde, attacca giudici, media e chiunque. Una personalità fragile, ma un potere reale su milioni. Ci si nutre di questa combustione per ridisegnare la mappa geopolitica."

Non ressi. Mi alzai, sentii lo stomaco rivoltarsi. Avevo bisogno d'aria, ma la porta del caffè era sparita, o immersa in una penombra che mi impediva di avanzare. Tutto diventava fluido e irreale. Guardai la Francesca e la vidi con gli occhi umidi. Volevo parlare, ma la voce non usciva.

— "È soffocante," riuscii a dire.

Lei capì la mia angoscia. Si appoggiò di nuovo al bancone, si morse il labbro e, con un tono più dolce:

— "Allora vieni." Mi prese per mano. Lasciò i dossier sul tavolo, come se potessero aspettare. "Riposa un po'. Credo che ti stia venendo la testa leggera."

D'un tratto, il caffè si trasformò in un corridoio lungo e stretto. Non so dire se uscimmo da una porta laterale o se il pavimento si fosse metamorfizzato sotto i nostri piedi, ma ora camminavamo in uno spazio poco illuminato, con pareti rivestite di carta da parati vecchia. Sentii una folata di vento tiepido e, in fondo, una porta socchiusa dietro cui si intuiva un letto.

— "Ma dove siamo...?" tentai di chiedere, ma la Francesca mi posò un dito sulle labbra.

— "Shhh. Cerca di dormire. Domani parliamo. Devi riprenderti."

Non obiettai. Il mio corpo supplicava riposo, la testa era un turbine di voci. Percorsi il corridoio come se calpestassi velluto sporco. Entrai in una stanza in disordine, con una finestra alta che mostrava un cielo color pece. Mi appoggiai al materasso e mi lasciai cadere. La Francesca rimase sulla porta, illuminata da una lampada fioca. Il suo sguardo aveva una dolcezza triste, come se avesse qualcosa da confessarmi, ma tacesse sapendo che non c'era salvezza.

Chiusi gli occhi e un torpore mi invase le ossa. Per un attimo pensai di chiedere se la Toscin fosse nei paraggi, ma ricordai che nessuno la vede mai di persona, mai. E lì, in quel canyon di voci, il nome "Toscin" non era che un'eco lontana.

Mi addormentai.

Mi svegliai con un sole aggressivo che mi lacerava le palpebre. Mi sedetti di scatto, il cuore accelerato, come se stessi soffocando. La stanza era un'altra. Le pareti avevano il colore spento di un hotel di Madrid, il letto era troppo stretto per due persone. Tutto era distintamente più concreto e reale. Mi passai una mano sulla fronte: sudavo.

Mi sentivo appena uscito da un incubo. Le immagini del caffè, la Francesca, i dossier e le frasi su uccidere Trump o lasciarlo governare il caos — tutto si sgretolava negli angoli della mia memoria, come vernice che cola da un quadro incompiuto.

"Che diavolo è successo ieri?" pensai, strofinandomi gli occhi. Stavo impazzendo? Mi alzai, barcollai fino al bagno, aprii il rubinetto e mi infilai la faccia nell'acqua fredda. Lo specchio mi restituì la figura di un uomo esausto, con i capelli arruffati e occhiaie profonde. L'orologio segnava le nove e qualcosa.

Tornai in camera e presi il telefono. Dovevo confermare qualcosa — fosse la morte di Trump o un'altra catastrofe qualsiasi. Sbloccai lo schermo e mi immersi nei siti di notizie, scorrendo i titoli con l'adrenalina che sudava. Niente. Nessuna menzione di morti, di spari. Niente. Nessuna rivoluzione, nessun assassinio e nessun crollo. Al contrario, la sezione internazionale riportava un atto esecutivo firmato da lui, la sera prima, che sospendeva i dazi doganali su determinati prodotti cinesi. Un gesto di politica economica che indicava che l'uomo era ancora vivo e nelle sue buffonate. Non esisteva quella "morte" che mi aveva trafitto nel sogno.

— "È impossibile..." sussurrai, sentendo il battito cardiaco impazzire. Abbassai il telefono. Il panico che mi divorava ora era sostituito da un imbarazzo ridicolo. Avevo giurato che fosse successo qualcosa di reale — ma no. Trump era lì per destabilizzare il mondo, alla fine e purtroppo. Quasi sentivo la sua voce spaccona, a vantarsi di un altro decreto, senza immaginare che, nel mio sonno, avevo visto il suo corpo cadere in qualche proiezione di cospirazioni.

Sentii un sapore amaro in bocca. Forse era il retrogusto del sogno. Non sapevo se sentirmi sollevato o ancora più inquieto. La presenza dell'uomo, quella figura narcisista capace di generare fratture in tutto il mondo, restava intatta. E le mie paure — le cospirazioni, i piani "Winter Fox" o "Black Fenix" — forse non erano altro che un incubo forgiato dalle mie insonnie. Eppure, qualcosa mi rodeva. Era impossibile che la mia mente avesse inventato dettagli così concreti, così malati.

Mi sedetti sul letto, sentendo le gambe pesanti. Cercai tracce della Francesca, un biglietto, una prova che fosse stata lì. Niente. Almeno, non in quella stanza. L'unica cosa che mi accompagnava era la sensazione di soffocamento che, poco prima, associavo al caffè vuoto e alle cospirazioni. Quasi riuscivo a vedere, nella memoria, la copertina di quei dossier, ma ora il loro contenuto mi sembrava svanito, come se le parole si nascondessero.

— "Devo vedere se la Francesca mi ha mandato qualche messaggio," pensai. Aprii l'applicazione sicura. Nessuna notifica. Né chiamate perse né e-mail criptate. Vuoto.

Sospirai e chiusi gli occhi. Alla fine, Trump era ancora vivo e in buona salute — o, almeno, tanto vivo quanto può esserlo uno che si crede sopra tutto e tutti. Le notizie parlavano di negoziati economici, non di proiettili fatali. Nessuna traccia di spari ai comizi né di un caos istituzionale in escalation.

Eppure, il mio petto faceva ancora male, come se una parte di me credesse di aver assistito a qualcosa. Svegliarsi era più difficile di quanto immaginassi. Mi alzai, aprii la finestra e lasciai che l'aria calda di Madrid invadesse la stanza, mentre cercavo di liberarmi dal peso di una morte non avvenuta. Là sotto, il rumore delle auto e dei passanti suonava normale, senza allarme, senza tragedia.

— "Forse è stato solo un sogno," mormorai, massaggiandomi le tempie. "Ma, a volte, i sogni sono messaggi della mente."

Mi tenni per me la sensazione che quella morte onirica di Trump, anche se irreale, mi avrebbe segnato. Nella mia testa, ancora riecheggiavano le parole che avevo letto nei dossier. Le avevo inventate io, o erano il riflesso di voci che avevo già sentito da qualche parte? Ogni minuto che passava, la nitidezza dell'incubo svaniva, ma l'angoscia restava.

Chiusi la porta della stanza dietro di me e mi avviai verso il corridoio, ancora con la mente annebbiata. Avevo bisogno di una doccia, di un caffè vero che non fosse scenario di incubo e di decidere che passi fare dopo. In fondo, l'America non era crollata, Trump non era caduto e la Francesca non era lì a consegnarmi nessun dossier — almeno, non in quel momento tangibile che ora calpestavo. La giornata era tutta davanti a me, anche se il mio cuore lottava con le ombre della sera prima, o con le ombre di un sogno.

Camminai verso gli ascensori, le labbra che mormoravano, senza che lo volessi: "Se un incubo così vivido mi ha attraversato, cosa mi aspetta quando la veglia si confonderà, di nuovo, con l'illusione?" Nessuna risposta.

Le porte metalliche dell'ascensore si aprirono e io entrai senza esitare, come se mi gettassi a capofitto in un secondo risveglio, un gradino sopra il terrore notturno.

Giù, nella lobby dell'hotel, il brusio di gente viva, telefoni che squillano e valigie.

Nessun segno di tragedia globale, nessun lamento per la morte di un ex presidente americano. Solo il rumore quotidiano di chi va e viene, indifferente ai mostri che avevo visto dentro la mia stessa testa.

E lì, finalmente sveglio, capii che quello sarebbe stato solo l'inizio di un altro giorno — ma un giorno macchiato da una premonizione che pregavo di non vedere realizzata.

La mattina di Madrid sputava un sole spietato quando uscii dall'hotel. I vestiti mi si appiccicavano ancora addosso, frutto di quell'incubo che mi aveva lasciato la mente pulsante. Avevo bisogno di caffè, di qualcosa di concreto che mi strappasse ai resti dei sogni confusi. Iniziai a camminare per la strada, misi il telefono in tasca e sentii la luce colpirmi le pupille.

Trovai un bar d'angolo, modesto, piccolo, con una tenda color ruggine e qualche turista che parlava così forte da farmi male alle orecchie. Mi sedetti a un tavolo contro il muro e ordinai un espresso doppio. Mentre aspettavo, ripassavo mentalmente tutto quello che avrei dovuto fare quel giorno: riunione con la squadra in Calle de Jorge Juan, cercare di capire se la Francesca avrebbe dato qualche segnale, e, forse, frugare la rete per vedere se c'erano sviluppi su… niente, in fondo l'uomo era vivo e ben vivo.

Alzando lo sguardo, notai una donna ferma dall'altra parte della strada. Indossava leggings attillatissimi, nero lucido, e un top sportivo grigio, lasciando intravedere un addome tonico. Aveva i capelli raccolti in una coda di cavallo e occhiali da sole a specchio. Le sue braccia si assottigliavano in mani che reggevano, senza dubbio, un telefono puntato verso di me. All'inizio pensai stesse solo fotografando la facciata del bar, ma capii subito che il bersaglio ero io.

Aggrinzai la fronte. Qualcosa nel suo atteggiamento mi ricordava una spia — le gambe leggermente flesse, pronte a scattare, e il viso che si muoveva quasi impercettibilmente. Mi morsi il labbro. Il caffè arrivò, ma non avevo più voglia di gustare nulla.

Mi alzai, pagai in fretta il cameriere e iniziai ad attraversare la strada, mascherando la fretta. La donna abbassò il telefono, fece due passi indietro e si voltò, come se volesse svanire tra i passanti. Ma non c'era abbastanza folla per riuscirci. Inciampò in una signora che portava una borsa della spesa, le chiese scusa a bassa voce e proseguì. Quando si accorse che la stavo seguendo, accelerò il passo.

Feci lo stesso. Senza correre, ma aumentando l'andatura. A un certo punto, però, lei guardò oltre la spalla, vide che la seguivo e decise di scattare. Partì in sprint, travolgendo chiunque le si parasse davanti. Rimasi qualche secondo impalato, ammirando la sua agilità — sembrava una pantera da palestra, che saltava da una fessura all'altra sul marciapiede.

— "Ehi!" urlai, senza sapere bene perché o per cosa. Forse volevo richiamarla alla ragione, forse volevo solo che smettesse di spiarmi.

Lei non rallentò. La seguii, travolgendo anch'io alcune persone, sentendo insulti in castigliano e i passi affrettati sull'asfalto. Il sole trasformava quell'inseguimento in un inferno di calore. La donna era veloce. Si avvicinò a una zona pedonale e io la seguii ancora, ma con i polmoni che protestavano. Passammo tra bancarelle di libri, sedie sparse e un musicista di strada che ci maledisse per la corsa.

All'improvviso, lei si fermò in fondo all'arcata e si infilò in un angolo dove le auto non potevano passare. La vidi arrivare in un vicolo largo, ma con dei paletti che impedivano il transito a qualsiasi macchina. Solo che, dall'altro lato, non so come, era parcheggiata una Toyota scura, motore acceso e un tipo al volante che fissava il telefono. Lei gridò qualcosa e il conducente aprì la portiera del passeggero.

Ero a una quindicina di metri quando la vidi salire in macchina. Provai a fare uno sprint finale, ma i miei piedi non avevano più l'agilità dei vent'anni. Lei sbatté la portiera, mi guardò dal finestrino e la Toyota avanzò piano tra i pedoni. Non dovevano essere lì, era chiaramente una violazione. Appena toccata la strada asfaltata, il conducente accelerò. I paletti non bloccavano del tutto il passaggio, c'era uno spazio minimo.

Avevo bisogno di un mezzo, ma non c'era nulla a portata di mano. Fu allora che scorsi una bici elettrica in fila con altre, legate a un sistema di bike sharing. Presi il telefono, provai il QR Code. Sullo schermo comparve "Errore di connessione. Contattare l'assistenza." Persi qualche secondo a imprecare. L'auto della donna prendeva vantaggio. Provai a sbloccarne un'altra, niente. Mi sentivo prigioniero della tecnologia stessa. Aprii l'app di hacking che la Toscin mi aveva dato tempo fa, ma nemmeno quella funzionava. Mancava qualche permesso. Dovevo forzare.

"Non c'è tempo", pensai.

Strappai il pannello elettronico della bici con la punta di una chiave di casa, usando la fessura laterale per staccare la plastica. Sentii il rumore dei fili che si rompevano. Un paio di cavi rossi e neri spuntavano fuori, come vene. Li collegai direttamente alla batteria della bici, torcendoli con la mano, e sentii uno scatto elettrico.

— "Riavvio Forzato del Pannello Elettronico," ripetei tra me, ricordando le istruzioni della Toscin per questi casi, dopo l'inseguimento a Mateo a Parigi. "La bici si blocca via software, ma se il controller viene riavviato, il motore va in modalità selvaggia."

Feci un passo indietro. Sentii un piccolo ronzio. Mi sedetti sul sellino e, con un brivido, diedi una pedalata. La bici tremò, emise un bip acuto e partì senza controllo. Quasi mi schiantai contro un bidone della spazzatura.

— "Merda!" ringhiai, stringendo il manubrio con forza. La ruota davanti sbandò, ma riuscii a raddrizzarmi.

Un allarme suonava, stridulo, come se la bici stesse urlando "Sono stata hackerata, fermatemi!" Accelerai per la strada, già vedendo, in lontananza, la Toyota della donna. Era bloccata nel traffico più avanti, forse a un semaforo o in mezzo a un ingorgo.

Pedalai — o meglio, provai a pedalare. In realtà, il motore tirava da solo e a un certo punto quasi non serviva muovere le gambe. Solo il caldo del giorno e l'adrenalina mi tenevano vigile. Il bip continuava. La gente per strada mi guardava, trovando bizzarro che arrivassi su una bici che emetteva un allarme.

Arrivai vicino alla Toyota ferma tra le auto, una fila di taxi. Riuscii a vedere la donna sul sedile posteriore, testa bassa, forse di nuovo sul telefono. Il conducente discuteva con qualcuno dal finestrino. Sembrava che il destino mi sorridesse. Ma no. In quel momento la fila riprese a muoversi. Clacson, motori che ruggivano e la Toyota ripartì, guadagnando diversi metri di vantaggio. La seguii, serpeggiando tra le auto ferme e rischiando di sfiorare gli specchietti. Quasi mi schiantai contro un furgone bianco. La bici, in "modalità selvaggia", gemeva sotto sforzo e il caldo rendeva il motore sempre più capriccioso.

A un incrocio, la Toyota rallentò e quasi riuscivo ad avvicinarmi. Urlai, battendo la mano sulla fiancata dell'auto, ma il conducente deve aver premuto sull'acceleratore, perché sentii l'aria spostarsi quando il veicolo schizzò avanti, infilando una strada più larga. Esitai: seguire o mollare? Il sangue mi ribolliva. Continuai, quasi scontrandomi con uno scooter. L'allarme della bici insisteva in un "pi pi pi" acuto. La gente protestava e i tassisti lanciavano improperi.

Riuscii a entrare nella stessa via, ma la Toyota non la vedevo più. Immaginai solo che avesse svoltato a destra, vicino a un gruppo di palazzi alti. Mi lanciai. La bici tremava a ogni buca e il motore ronzava sotto sforzo. L'odore di plastica surriscaldata mi colpì.

— "Questa si surriscalda."

E, come a confermare, la bici cominciò ad accelerare da sola, senza che toccassi nulla. Attraversò metà della corsia e mi costrinse a tirare il manubrio con tutta la forza. Il rischio di cadere era enorme. Quasi finii contro un autobus.

— "Cazzo!" gridai, forzando la frenata meccanica sulla leva. Un rumore di metallo e gomma che strusciavano. Riuscii a correggere. Quando ripresi il controllo, la Toyota riapparve una ventina di metri più avanti, bloccata in una nuova fila di semafori. Mi avvicinai di nuovo.

Questa volta, riuscii persino a toccare il vetro posteriore. Ma proprio in quell'istante il traffico si sbloccò. L'auto partì come una freccia e la donna mi lanciò uno sguardo che non seppi decifrare — qualcosa tra il panico e l'avvertimento. E sparì all'angolo successivo. Pedalai, ma la bici tossì e rallentò, col motore esausto. Provai a continuare, ma il bip stridulo ora era intermittente, a tratti mancava. Sentii odore di filo bruciato. Ancora qualche metro e morì del tutto, lasciandomi in mezzo alla strada con un mucchio di metallo inutile.

Un taxi suonò il clacson dietro di me, mi accostai al marciapiede con quel che restava dell'inerzia. La Toyota non si vedeva più. Forse era entrata in una strada a senso unico o era fuggita verso l'autostrada. Fermo, col fiato corto, capii che l'inseguimento era finito lì. La donna era scappata — con le sue foto, la sua corsa impeccabile e la sua auto complice.

Scesi dalla bici, la spinsi sul marciapiede. Diverse persone mi guardavano come se fossi un pazzo. Chi poteva biasimarmi? Sembrava un gesto da fuori di testa, ma io sapevo che qualcuno mi spiava da lontano e ora mi perdevo in mezzo a Madrid con la testa che pulsava.

Respirai a fondo, lasciai la bici lì. Senza freni, senza motore, senza niente. Era distrutta. Guardai attorno. Dovevo prendere un taxi per arrivare alla Calle de Jorge Juan, dove la mia squadra e gli avvocati spagnoli mi aspettavano per discutere le prossime mosse. C'entrava qualcosa con short squeeze e hedge fund — ma, in fondo, era solo il nostro modo di lottare contro i giganti. Scossi la testa. Tutto mi sembrava assurdo dopo quella corsa.

Chiamai un taxi, mi lasciai cullare sul sedile posteriore, sentii il conducente dire qualcosa tipo "giornata folle." Non risposi. Aprii il telefono e, per un attimo, pensai di mandare un messaggio alla

Toscin, raccontarle l'accaduto. Ma lei probabilmente avrebbe risposto con un "te l'avevo detto" o avrebbe buttato lì un "questi inseguimenti non ti portano da nessuna parte." Invece chiusi gli occhi, cercando di digerire il fallimento. "Chi era quella donna? Chi l'ha mandata?" — la domanda si ripeteva nel mio cranio, senza eco di risposta.

Arrivai al palazzo degli uffici in Calle de Jorge Juan. Pagai il tassista, salii le scale evitando l'ascensore. Il cuore ancora correva. Arrivai al piano e lì c'erano due avvocati spagnoli all'ingresso, molto composti, a sfogliare delle carte con aria solenne. Rodrigo e Angel, della nostra squadra, anche loro lì, ognuno con un'espressione tirata. Mi guardarono, ansimante e sudato, ma non chiesero nulla — si erano abituati alle mie apparizioni traballanti.

— "Sei arrivato?" chiese Rodrigo, posando il dossier sulla scrivania. "Hai idea del trambusto di stamattina?"

Annuii, senza commentare. Mi sedetti e bevvi un bicchiere d'acqua che qualcuno mi porse. Sentivo le gambe tremare come se stessi ancora pedalando sulla bici posseduta. Provai a concentrarmi su ciò che avevamo da fare: cause legali, azioni collettive, riunioni, e eventuali colpi finanziari. Dovevo sembrare normale, ma il ricordo dell'inseguimento pulsava.

— "Cominciamo?" chiese Angel, aprendo un laptop.

— "Sì," mormorai, tra i denti, "cominciamo."

Dentro, però, un'inquietudine mi divorava. Dovevo scoprire chi mi seguiva, chi mi fotografava, chi era scappato da me su quella macchina insospettabile. Ma dovevo fingere calma. La giornata sarebbe stata lunga e il caldo di Madrid rendeva tutto ancora più claustrofobico.

Per un attimo, guardando gli avvocati e la mia squadra, mi tornò in mente l'incubo con Trump. Mi ricordai della donna atletica che fuggiva per strade proibite e, alla fine, spariva. C'era sempre qualcuno che mi osservava, che sondava ogni passo. Era forse questo il destino inevitabile di chi si infila in trame segrete? Guardai i fogli davanti a me, sorrisi tesi e cenni del capo. La mia vita reale era quella stanza, ma il mio corpo vibrava ancora dell'elettricità residua di ciò che era successo fuori.

Ingoiai a vuoto. Nel giro di poche ore, avevo attraversato un sogno di morte e un inseguimento fallito. Eppure, ero lì, pronto a discutere strategie legali e piani per abbattere gli stessi uomini che, forse, avevano assoldato quegli spioni. Il pomeriggio minacciava di allungarsi e avrei dovuto inventarmi una faccia serena per rispondere a ogni punto della riunione. Forse, dopo, avrei trovato il tempo per indagare chi mi aveva fotografato, chi guidava quella maledetta Toyota e perché si davano la pena di spiarmi all'uscita di un caffè qualsiasi.

Ma, per ora, ingoiai l'ansia e fissai i volti ansiosi intorno a me. Dovevo trasmettere sicurezza. Non avrei detto loro che, pochi minuti prima, avevo quasi volato su una bici hackerata. Non avrei raccontato che, in fondo, mi doleva ancora il corpo per la corsa. Quella era roba mia. E la prossima volta, se avessero provato a sorprendermi, avrei cercato di farmi trovare più preparato.

— "Cominciamo," dissi, tracciando con la penna la prima riga del verbale.

E, in fondo, era tutto ciò che mi restava da fare: andare avanti, fingere, e lottare.

Mentre il mondo continuava a girare, io, col cuore che batteva fuori tempo, mi chiedevo: "chi vincerà questa corsa?"

21

L'Ultima Riunione
Bruxelles, 23 agosto 2025

L'alba aveva appena finito di impregnare i muri di Bruxelles, come se l'intera città sudasse sotto il caldo di un incendio. Mi svegliai nella stanza anonima di un hotel, con la sensazione che avrei passato la giornata ad attraversare porte senza finestre, sale che nessuno vede e corridoi dove le ombre si trascinano senza lasciare traccia. Nessuna telecamera a registrare il momento, nessuna domanda urlata di curiosi; solo il mutismo burocratico di un edificio dove si respira potere, ma si finge incredulità.

Nelle mani, portavo la prova: dossier, contratti, e-mail criptate, e molte altre cose. Un archivio che mi era costato mesi — e parte della mia lucidità — per raccogliere. Sentii una tensione familiare nel petto, perché sapevo che quel carico di informazioni era, allo stesso tempo, il mio scudo e la mia sentenza.

Quando arrivai nell'ala riservata della Commissione Europea, due agenti di sicurezza nemmeno mi guardarono. Ricordo di aver mostrato un pass provvisorio e loro annotarono qualcosa su un foglio che subito sparì in un cassetto. Proseguii per un corridoio stretto, dove solo il rumore delle mie scarpe rompeva il silenzio. In fondo, la porta. La aprii, trovando quattro persone che fingevano di non avere nome: volti chiusi, indifferenza calcolata, ed espressioni di chi calcola i rischi ancora prima di stringere la mano.

Mi sedetti. Nessuno si presentò, ma riconobbi uno o due volti da riunioni passate. Inés Tarela aveva preparato quel momento per me, mi aveva permesso di essere io a dare l'ultima coltellata.

Sul tavolo, posai la cartella. I loro occhi si posarono sull'oggetto, come se temessero ciò che vi era dentro. Allora parlai:

— "Le prove. Eccole. Oltre a quelle che Inés Tarela vi ha già fornito."

Dentro la cartella, avevo raccolto prove dell'orchestrazione digitale tra Ambezzo, X (l'ex Twitter) e Tesla: rapporti tecnici, log dei moderatori dove si decideva chi zittire, chi promuovere, tutto secondo interessi che non risultavano nei verbali ufficiali. C'erano anche riferimenti a fondi sotterranei, hedge fund, offshore, triangolazioni di capitale e contratti segreti che evidenziavano la complicità di Tesla nella raccolta e circolazione di dati sensibili per manipolare le tendenze.

A un certo punto, uno dei presenti, in abito grigio e naso affilato, mi chiese dettagli sulle azioni collettive già esistenti e su quelle in preparazione in Portogallo, Spagna e Italia. Risposi che le associazioni di consumatori avevano già raccolto prove dei danni causati per citare in giudizio quelle corporation per violazione della privacy, concorrenza sleale e diffusione di informazioni false. Sarebbero azioni collettive stand-alone. Ma spiegai che se la Commissione avesse proceduto con le sanzioni, coinvolgendo le DG competenti, le nuove azioni collettive avrebbero potuto essere follow-on, il che avrebbe dato loro molta più forza, rafforzando reciprocamente il merito di ciascuna. A mio avviso, spiegai, sarebbe stata una valanga di carta legale a precipitare su Ambezzo e X, magari trascinando nella caduta anche altre big tech.

Dietro le quinte, tutta l'alta gerarchia dell'Unione Europea era stufa di voci sulle manipolazioni digitali. Ma mancavano prove solide. Ora, queste riempivano la scrivania sotto forma di schemi, cronoprogrammi e nomi di dirigenti. Chi le avesse lette con attenzione avrebbe visto come una valanga di sanzioni avrebbe potuto abbattersi su X, xAI e Ambezzo in pochissimo tempo. Anche se nessuno voleva ammettere la tendenza sensazionalista, era certo che né l'Europa occidentale né tantomeno l'Unione Europea avrebbero lasciato impunita l'ampiezza di quel crimine organizzato.

Tesla, dal canto suo, era già vulnerabile. Le azioni crollavano a ogni voce. E, messi di fronte a questi documenti, i presenti in sala capirono subito che Tesla aveva venduto auto e promesse di futuro elettrico, ma era anche legata, per vie oscure, ai progetti di X, incluso xAI, cedendo la raccolta dei dati degli utenti e alimentando algoritmi di monitoraggio psicologico. Uno dei rappresentanti fece una smorfia quando si accorse, nelle note in piccolo dei documenti, che persino l'unità di robot di Tesla era menzionata come possibile strumento di sorveglianza a lungo termine.

Sospirai:

— "Non ho interesse a portare avanti questa cosa. Qui finisco. Consegno tutto e me ne vado. Altri si occupino della retroguardia."

Dagli sguardi, capii che mi consideravano ormai come qualcuno che aveva attraversato il Rubicone e non voleva più tornare indietro. Forse provavano pena per la mia espressione sfinita, o forse calcolavano soltanto quante risorse aggiuntive la Commissione avrebbe dovuto investire.

Uno di loro mi chiese, a bassa voce, se conoscevo quell'investitore che aveva scommesso su grandi short positions su Tesla e che, per puro caso, era riuscito a guadagnare sulle cadute. Mi limitai a dire che era solo uno speculatore che fiutava le debolezze del mercato, non una parte essenziale del nostro nucleo. Dissero "capito" e la conversazione proseguì.

So che non parlavano di Don Pablo, che pur avendo fatto una fortuna, restava un piccolo pesce in un lago di squali. Era Paul, quell'avvoltoio che era arrivato a essere… una mia conoscenza. L'NDA non mi permetteva nemmeno di pensare più di così, non più di quanto già lo avessi rappresentato in "Pawn's Gambit" e in "The Writer's Labyrinth".

Poco dopo, un assistente allampanato mi parlò di voci secondo cui, negli Stati Uniti, un evento traumatico aveva scosso il presidente Trump, portandolo all'idea di una morte controversa — forse pianificata. La cosa era arrivata in Europa come un sussurro sotterraneo, ma ora emergeva una pista concreta che lo collegava ad Antoine Jeannot. Era stato arrestato appena atterrato negli USA e, subito dopo, semplicemente sparito dalla circolazione. Forse era finito in una prigione in El Salvador o a Guantánamo. Di certo né la diplomazia francese, né l'alleanza elettorale di sinistra, la NUPES, volevano saperne nulla di lui.

Jeannot ci aveva finanziato per sostenere la transizione delle reti X, Thurt Social e Meta verso un fediverso decentralizzato — come arma di manipolazione politica e, forse, come modo per offrire vantaggi a certe corporazioni o a determinate politiche, a seconda di chi avrebbe controllato la prossima narrativa.

Alzai le sopracciglia:

— "Prima pensavo fosse delirio. Ma invece c'è una trama solida in tutto questo. Il filo si è spezzato e il mondo può implodere."

Seguì un silenzio teso. Qualcuno si schiarì la gola.

Si passò allora a questioni tecniche. Mi chiesero date e nomi, nomi che, sinceramente, non volevo più rivedere. Risposi con frasi brevi. Odio le date. Sono pessimo a memorizzare le date. Sono bravo con la cronologia degli eventi, con la loro organizzazione, ma pessimo a datarli.

Indicai gli estratti degli e-mail, gli ordini di trasferimento che provavano come Tesla, X e Ambezzo condividessero strategie per tenere l'opinione pubblica in subbuglio, sempre in modalità "spettacolo" controllato. Sentendomi parlare, capii che stavo sigillando un capitolo della mia stessa vita. Volevo prendere le distanze, recuperare una qualche forma di anonimato. Il vero anonimato, senza libri, senza azioni collettive, senza i Jeannot, i Paul e i Tancredi di questo mondo.

Quando finì, l'uomo dal naso affilato si alzò e fece cenno che consegnassi la cartella ufficiale. Lo feci senza esitare. Qualcuno chiese:

— "E se tutto questo trapelasse? Se provassero a smentire?"

— "Succederà, ovvio. Lo sappiamo già. Ma non c'è modo di smentire. Le prove sono chiare e sono vostre. Io esco di qui pulito o sporco, non mi interessa. Ho finito."

Una funzionaria raccolse il materiale e uscì in punta di piedi, portando via tutto, anche le copie, verso qualche luogo. Mi fecero firmare un documento, un mucchio di parole inutili che, in sostanza, confermavano la ricezione delle mie prove, ma in ambito confidenziale. Tutto ciò, semplicemente, poteva morire lì, senza che nessun altro ne sapesse nulla e io non potevo più, o almeno non volevo più fare nulla. Tocca a loro decidere cosa merita il mondo.

Non c'erano reporter alla porta, nessuna platea di curiosi. Solo un buio istituzionale, pronto a inghiottire informazioni esplosive finché non saranno usate al momento giusto— se mai lo saranno. In cambio del mio contributo, non ricevetti nessuna medaglia, solo un cenno imbarazzato da parte di chi sa che mi sono esposto, ma che non mi offrirà nessun riparo. Al contrario di tutte le nostre altre operazioni, in questa, i conti bancari sono rimasti più vuoti, anche con i pagamenti di Jeannot. Anch'io sono rimasto più vuoto, con spazio solo per l'unica cosa che mi restava: l'amore vero e l'amicizia leale – canina, come diceva Don Pablo.

Percorsi i corridoi sempre più deserti fino all'uscita. Mi chiesero se volevo una scorta, rifiutai. Se c'erano nemici, preferivo vederli con i miei occhi, non attraverso gli specchi di una burocrazia.

Uscendo dall'edificio, mi sentii libero ed esausto. Fu allora che mi ricordai di quella donna che mi aveva fotografato a Madrid. Per giorni, avevo pensato che facesse parte di una rete di spie o di assassini professionisti, ma nei retroscena di Bruxelles, venni a sapere un'altra teoria: lavorava come ausiliaria per un'agenzia privata che raccoglieva immagini per mappare incontri discreti, ma non vendeva nulla ai giornali; le vendeva ai lobbisti, che amano compilare dossiers su chiunque possa intralciare i loro affari. "Un album di volti sospetti" era come, a quanto pare, lo chiamavano. Scoprirlo mi fece ridere — una risata secca — perché c'è qualcosa di crudelmente comico: mi credevo braccato da una forza letale, ma a quanto pare, era solo una sorta di "spionaggio freelance" venduto a corporazioni che spiavano senza farsi notare, alcune delle quali nemmeno si sapeva esistessero.

Divertente? Forse. Ironico? Senza dubbio. C'è sempre qualcuno, in questi retroscena, che registra il profilo di chi minaccia l'equilibrio nocivo del mercato. E io, con la mia ossessione, avevo occupato il posto di "nemico numero uno" di certi interessi paralleli.

Passai da una porta laterale e chiamai il telefono sicuro. La voce dall'altra parte, monocorde, confermò che i procedimenti erano in corso. X e Ambezzo sarebbero stati oggetto di una stretta legale e Tesla avrebbe sofferto di riflesso, soprattutto per quanto riguarda la sua collaborazione con tecniche di raccolta dati. In Portogallo, Spagna, Italia e in altri paesi, le azioni collettive acquistavano spessore di ora in ora. E sulla morte di Trump, o sulla morte pianificata, la confusione arrivava a un livello bizzarro, con il nome di Antoine Jeannot che emergeva come pedina di gambetto.

Riattaccai. Lasciai la mia giacca appoggiata su un davanzale e guardai il cielo, grigio e indifferente, ma che ribolliva dentro. Forse questo era l'epilogo di una storia che — sospetto — non ha un vero finale. Io, almeno, consideravo chiusa la mia parte.

Mentre scendevo la strada senza insegne, mi risuonava in mente l'immagine di quella donna dell'otturatore, che mi registrava di nascosto. Ora, sapendo che lavorava per un consorzio particolare, tutto tornava: c'è sempre un livello in più di cospirazione e un cassetto dove tengono le facce dei "rivoltosi". Risi tra me e me.

È così che è finita, in un posto qualsiasi di Bruxelles, con la giacca che mi copriva la pelle vera abbandonata su un davanzale, senza flash, senza allarme sociale immediato e solo il crepuscolo di un pomeriggio stordito. Conservavo la certezza che i retroscena, a volte, sono più rumorosi delle piazze pubbliche — ma quel rumore non si sente da fuori; si sente qui dentro, dove la colpa pesa e la verità reclama, anche se nessuno sa cosa farne.

Chiusi gli occhi per un istante e respirai a fondo. Poi, semplicemente, me ne andai.

22

La Vendetta della Lealtà
Porto, 25 agosto 2025

Se fossi rimasto a Bruxelles, forse il tempo mi avrebbe inghiottito nell'inerzia di quegli uffici; ma sono tornato in Portogallo, a Porto, con un'urgenza ancora più forte che mi pulsava nei polsi. Quello che mi spingeva, ora, non era più la cospirazione di X, né i corridoi oscuri di Ambezzo — era qualcosa di più personale. Presi un treno di notte, senza avvisare nessuno, e attraversai chilometri fino a Lisbona, cullato dallo stridio metallico dei vagoni. In mano, il telefono — ancora caldo per l'e-mail appena inviata a Ezar, tramite il canale criptato che Toscin mi aveva creato su ProntoMail.

Quel messaggio era la scintilla — quello che gli dava il via libera per iniziare a corrodere l'arbitro-presidente, quel traditore della giustizia, che aveva decapitato Don Pablo con una sentenza sporca come vomito secco.

Don Pablo non era una spia; non aveva mai voluto quel ruolo. Era un uomo dai movimenti agili — leggero, feroce — ma era, prima di tutto, mio amico, uno di quelli del cuore, che mi aveva insegnato a sputare in faccia alla paura.

Aveva già affrontato la bestia dei tribunali arbitrali — negli Stati Uniti, contro ETRADE, per 45 milioni di dollari. Ha vinto. Aveva ragione. Tutta. Ma gran parte di quei soldi gli fu strappata in silenzio, tagliata a coltello dall'interno. Quella cosa lo scosse. Meno di 45 era un affronto, ma comunque, vinse. Gli rimase, per miracolo, un filo di fiducia nel sistema. Ora, nemmeno quello.

L'arbitro... quel pagliaccio sudicio gli ha strappato l'ultimo residuo di fede. Ha calpestato pareri, soffocato prove — una farsa montata con mani sporche e occhi pieni di avidità. E ora, toccava a Ezar srotolare il filo della vergogna.

La rabbia non smetteva di crescere — era come una crepa profonda nella pietra viva, impossibile da sigillare.

Era finalmente arrivato il momento del colpo finale.

Ho conosciuto Ezar in un'operazione vecchia, quando ancora pensavo che il mondo si potesse risolvere con una manciata di rapporti onesti e qualche azione legale. Lui era l'opposto della noia istituzionale: un tipo metodico, silenzioso e dagli occhi freddi, che sapeva muoversi tra i confini digitali e anche nei fegati di chi doveva essere pressato. Ogni volta che dubitavo, ripeteva una frase cruda: "La verità è come acido, corrode dove tocca. Devi solo scegliere dove versarla."

Nell'e-mail che gli ho scritto, gli ho finalmente dato il via libera per liberare quell'acido contro quell'arbitro. "Sei libero di fare ciò che serve", ho scritto.

Non mi sono fermato in giuramenti; ho solo annotato: "Inizia con la distribuzione di prassi. Poi, il resto accade come un incendio nel sottobosco — ma lentamente. Voglio che il dolore si apra, si approfondisca e duri. Non voglio un colpo rapido, né di misericordia."

La prassi era il primo passo — piccoli dati che avrebbero spezzato la credibilità di quella creatura, esponendo impegni mal celati, favori resi in cambio di posizioni di potere e una trama di interessi. Ezar avrebbe aperto il sottosuolo e disseminato repliche della verità, come semi velenosi che fioriscono ovunque.

Lo confesso, mentre il treno avanzava nella notte, pensavo a Don Pablo con un nodo in gola. Mi aveva insegnato a diffidare degli avvocati impettiti — li detestava "fino alla quinta generazione", come diceva sempre — e della logica malata dei tribunali che si coprono di rituali ma ignorano la sostanza. Ricordo una delle ultime conversazioni che abbiamo avuto, su un belvedere ai margini di un paese che sembrava dormire:

— "Guardami bene," mi disse. "Io non valgo più di nessuno, ma ti considero un fratello. E, diamine, se un giorno avrai bisogno, mi taglio i polsi per te. Perché c'è una lealtà che sta sopra i contratti, capisci?"

Quelle parole, dette guardando i tetti delle case di Lisbona, mi sono rimaste incise. Non ho scelto Don Pablo come complice di cospirazione, ma come un amico che mi ha restituito umanità. Era come Rodrigo e un piccolo pugno di persone, alcune clandestine.

Non è un angelo né un santo — ma è stato l'unico, a un certo punto, a capire quello che facevo senza giudicarmi. La lealtà nasce così: senza grandi pretese, solo la fermezza di sapere che, se l'altro cade, noi ci chiniamo per rialzarlo.

E quella notte, nel lento andare dei vagoni, mi sono ricordato che ciò che mi aveva portato fin qui era la rabbia di vedere un uomo semplice, ma integro, schiacciato da un sistema di arbitrati costruito per proteggere interessi nascosti. L'arbitro presidente, così pieno di boria, aveva usato la penna come un'arma. Si era fatto beffe dell'analisi tecnica di Don Pablo, dei vari pareri che aveva raccolto, incluso uno mio e uno del più brillante cattedratico di Diritto del Portogallo, aveva deriso il ragionamento che segnalava manipolazioni ovvie del contratto e, emettendo la sentenza, aveva lasciato una scia di morte, non finanziaria, ma nella fiducia nella giustizia e nei sistemi di arbitrato.

Quello che succede è che la verità giudiziaria — o, meglio, arbitrale — non sempre fa rima con la giustizia materiale. A volte, la lettera della legge viene manipolata da chi ne conosce i trucchi, i fatti sono distorti sotto il velo della soggettività e dell'interpretazione, anche se assurda, e i tribunali — arbitrali, suppostamente imparziali — si rifugiano nelle formalità che ignorano ciò che è genuinamente giusto.

Don Pablo ne è stato una vittima. Più che una vittima.

Tutto seguì il protocollo, tutto lì aveva "l'apparenza" di correttezza, ma alla fine la realtà cruda rimase sepolta sotto paragrafi e clausole interpretate in modo distorto.

C'è stata frode. C'è stata corruzione — se non finanziaria, almeno morale.

Ezar le avrebbe cucinate entrambe come se fossero una sola, aggiungendo ancora un po' di dramma personale, tradimenti matrimoniali e, chissà, una menzogna atomica piantata nel computer di quell'imbecille che si credeva qualcuno.

Allora, capii con chiarezza: quella "giustizia della sostanza" ha bisogno, a volte, di una deviazione e di un trucco. Non si tratta di agire per vendetta spicciola, ma di correggere lo squilibrio. È come se un qualche Dio, scrivendo dritto su righe storte, ci costringesse a torcere il cammino affinché il risultato finale non sia solo una barzelletta legale, ma una verità reale. Non basta ricorrere a infiniti appelli che il sistema giudica senza fretta; a volte bisogna calpestare terreni grigi, raschiare i muri dove si nascondono i segreti e liberare la nostra stessa ombra per combattere la loro.

Quando, finalmente, mi resi conto che l'e-mail era stata consegnata, sentii un brivido freddo lungo la schiena. Era la certezza che da quel momento in poi niente sarebbe più tornato indietro. Dal momento in cui lui avesse iniziato la "distribuzione di prassi", il presidente arbitro avrebbe visto emergere, come fiammate, documenti che lo compromettevano in altri schemi loschi, familiari che avevano beneficiato di decisioni, lobby che lo pagavano in cambio di pareri e influenze docili. Passo dopo passo, l'onore apparente di quell'uomo sarebbe caduto come foglie morte.

Poi, Ezar avrebbe scavato le fondamenta della sua vita. Avrebbe rivelato schemi fiscali, fatture nascoste, favori accademici e persino frode curricolare. Sarebbe andato ancora più a fondo, nei tradimenti familiari e nelle sue preferenze sessuali, diciamo, per persone più giovani. Le prove del crimine sarebbero state piantate nei suoi computer e nei cellulari, ai quali Ezar aveva già accesso.

Non era qualcosa di cui andassi fiero — era, piuttosto, una necessità morale: restituire a Don Pablo un po' di pace.

— "Finché respiro, quell'arbitro non dormirà tranquillo", gli promisi.

Non si trattava di scendere al suo livello. Si trattava di erigere una barricata contro la menzogna, contro l'ingiustizia e contro l'assenza di spina dorsale.

Immaginai Don Pablo sorridere, da lontano, quando avrebbe saputo che il vento cominciava a soffiare al contrario. Non aveva nemmeno bisogno di conoscere i dettagli — gli bastava credere che la vera giustizia si fosse mossa, anche se per i vicoli illegali che aveva sempre detestato. E sorrisi anch'io, perché non agivo per rancore cieco, ma per una devozione a ciò che ci resta di vero: l'amicizia e la promessa che non lasceremo mai un ingiustiziato cadere senza ritorsione.

Nel mondo di oggi, saturo di interessi, c'è chi preferisce il tradimento rapido, chi abbandona i suoi al minimo segnale di tempesta.

Ma ci sono anche questi legami indistruttibili, questa idea che la lealtà sia, in fondo, un antidoto contro la follia del quotidiano. Se non siamo leali alle vere amicizie, cosa ci resta? Qual è il senso di vincere le guerre senza avere con chi dividere la gioia di sopravvivere?

Così, la sanità mentale non si nutre solo di verità ufficiali; si nutre di abbracci clandestini, di patti siglati tra pochi e di silenzi condivisi nel buio. Si nutre della certezza che, per quanto zone sporche calpestiamo, lo facciamo per aggiustare un'equazione che il mondo insiste a sbilanciare.

Quando Ezar mi inviò il messaggio a confermare che la torcia era stata accesa e che, poco a poco, il presidente arbitro sarebbe affondato in un mare di contraddizioni, sentii il petto alleggerirsi. La vendetta poteva sembrare brutta, ma la giustizia materiale ha queste armi imperfette. Guardai il paesaggio notturno dal finestrino: era lo stesso paese, ma mi sembrava, improvvisamente, più respirabile. Forse era solo un'illusione. Non importa. Don Pablo si sentiva vendicato. Io mi sentivo meno sporco.

Poco prima di spegnere il telefono, ricordai Bertolt Brecht:
"Del fiume che tutto trascina si dice che è violento. Ma nessuno dice violente le sponde che lo comprimono."

Silenziai la voce e i pensieri per il resto del viaggio. Bastava parole, leggi, sofismi e pensieri pesanti. Tutto ciò che importava ora era sapere che, quando l'aurora sarebbe sorta, le sponde che ci opprimevano avrebbero iniziato a cedere. E in quel giorno, forse, la corrente del nostro piccolo fiume avrebbe finalmente corso libera, portando con sé la sporcizia che un giorno aveva osato schiacciare Don Pablo.

23

L'Origine
Lisbona, 26 agosto 2025

Quando sono scomparso, non è stata una fuga, è stata una decisione. Un addio senza annuncio, un taglio senza sangue, come chi sputa l'ultimo nocciolo della menzogna. Ho lasciato indietro i processi, i dossier, gli incontri clandestini e i baci inconclusi. Mi sono rimasti solo i quaderni — quelli con la copertina nera, quelli senza righe, quelli che ancora odoravano di carta del 1999. In essi, ho scritto ciò che non ho mai osato raccontare. Non per paura. Per strategia. Ora non mi importava più nulla. Ero stufo della maschera. Quella che mi chiamavano Leilac. L'altra, quella di Malaquias. E la terza, quella vera — ma comunque ancora un travestimento.

Fu in un caffè che odorava di chiodi di garofano e muffa che Toscin mi beccò. Si sedette senza chiedere permesso. Aveva negli occhi la violenza di chi ancora crede. Finalmente ho conosciuto Toscin, di persona.

Per anni, il nostro rapporto era fatto di voce. Chiamate brevi, messaggi criptati, algoritmi condivisi e istruzioni secche dettate al ritmo di chi domina dieci sistemi in contemporanea. Era un'amica — ma sembrava anche un'intelligenza artificiale con coscienza propria, creata in silenzio da qualche agenzia dimenticata del futuro. Toscin sapeva tutto. Trovava tutto. Entrava dove nessuno riusciva.

L'ho sempre immaginata come un'ombra: neutra, funzionale, magari con occhiali spessi e sguardo assorto. Una nerd d'élite, drogata di computer, caffè e silenzio. Ma no. Quando si è seduta davanti a me, ho visto una donna alta, rossa di capelli, con un vestito blu scuro e un volto che sembrava rifiutare le rughe — lei esisteva davvero.

Era bella, ma non nel senso banale. Era una bellezza affilata, discreta, come un software di codice ben scritto: niente in eccesso, tutto giusto e tutto efficiente. L'opposto dell'immagine classica della spia — ma, in un certo senso, anche il suo massimo esponente. Una superdonna di codice e carne, tanto reale quanto letale, e perciò ancora più pericolosa.

— "Pensavo non fossi reale," le dissi, ancora a cercare di incastrare la sua presenza in un archivio mentale che non avevo mai previsto.

Lei sorrise — semplicemente sorrise. Il caffè, all'improvviso, sembrò troppo piccolo per la sua presenza. Toscin non era una donna comune. Era un protocollo d'emergenza con rossetto discreto.

E lì era, davanti a me, dopo tanti anni vissuti nel mio auricolare, a cancellare tracce, ad aprire porte e a salvarmi dal collasso più di una volta.

Ora era venuta a riscuotere. O ad avvisare. O a salutare.

Ancora non lo sapevo. Ma la sua presenza diceva tutto: l'operazione era finita. Le operazioni, erano finite.

— "Tu lo scriverai davvero tutto questo, Leilac?"

— "Eh? Cosa?" chiesi, ancora incredulo per il momento.

— "Il libro. L'«Ultima Maschera». Lo finirai e lo pubblicherai?"

Annuii con la testa e bevvi un altro sorso d'acqua tiepida. Avevo smesso di bere caffè. Mi ricordava gli interrogatori.

— "Sì."

— "Ma sei matto? Pensi che sia sicuro? Che non ti..."

— "Non mi interessa più."

— "E Micas?"

— "Micas è più pericoloso di me. Tu non sai cosa vuol dire infilare in un libro per ragazzi la spiegazione giuridica dell'articolo 7 del Bruxelas I Recast."

Lei rise. Le rughe sulla fronte si fecero trincea — le uniche, d'espressione, che riuscivo a vedere sul suo viso pulito e preciso.

— "Sei proprio stufo."

— "Questa è la mia ultima maschera. Un libro dove maschero la verità con la finzione. Dove dico ciò che il mondo non crederebbe mai. Dove nascondo coltelli in storie d'amore e cospirazioni nella tasca di Francesca."

Toscin rimase in silenzio. Solo il tintinnio del suo bicchiere contro il piattino di vetro fingeva freddezza.

— "Vuoi davvero rivelarti. Tutto? Anche Backes, per esempio?"
Annuii.

— "Tutto. Non che ormai faccia differenza. Ma voglio mostrare la mia origine. Quella che nemmeno i miei amici più stretti, la mia ex moglie e la mia famiglia conoscono."

— "Sull'Ambrosiano? La loggia P2?"

— "E altro ancora."

— "Il figlio di Calvi? Denis Robert?"

— "Mi mette ancora dei like. Su alcuni dei miei post su Facebook."

Toscin si passò una mano sugli occhi, come chi spolvera ricordi che preferirebbe lasciare dov'erano. Il tavolo tra noi era troppo piccolo per reggere il peso della verità.

Le spiegai tutto — quello che già sapeva, ma che era precedente al suo ingresso nella mia vita. Che, attraverso vecchie bollette dell'acqua e della luce, registri commerciali su carta chimica e appunti scritti a mano, avevo scoperto Villa Shambala e Villa Vagabundos. Case di corruzione. Offerte silenziose della corruzione francese e svizzera degli anni '90, legate a ELF, CEDEL, Clearstream.

I nomi erano camuffati in società offshore. Ma i pagamenti... quelli venivano fatti da chi credeva di essere invisibile.

E le raccontai, infine, che l'Algarve Clube Atlântico — oggi il più grande impero di proprietà di lusso tra Carvoeiro e Vilamoura

— aveva radici in una coppia tedesca con legami diretti con André Lussi.

— "Sai chi è André Lussi?"

— "Lo so."

— "Certo che lo sai. Solo che non sai che è stato lui a farmi diventare quello che sono oggi. Che mi ha fatto Leilac."

Lei rabbrividì. Prese una sigaretta che non avrebbe fumato. Se la mise in bocca, al contrario. La morse. La inumidì. Voleva sentire il sapore della nicotina.

— "È stato Lussi a fondare l'impero dell'opacità. Con Backes ancora dentro la CEDEL. Con i conti nascosti tra nomi in codice e codici di paese. Le fondamenta della menzogna su cui il mondo finanziario vive ancora oggi."

— "E tu vuoi scrivere questo..."

— "No. Voglio solo finire il libro. Spiegare la mia origine, il mio travestimento. Mostrare che tutto questo non è nuovo — ha anni. Ha legami. Ha una rete da cui ora voglio liberarmi."

— "Allora scrivi. Ma se scrivi di me, di questo incontro, descrivimi bella. Alta. Senza queste rughe. Una donna di quelle che saresti capace di amare. Per favore. Lasciami far parte di questa tua storia, ma all'altezza del mio sogno."

Poi Toscin si alzò e se ne andò.

Rimasi a guardarla sparire tra i lampioni opachi. Poi aprii il quaderno e scrissi la prima frase del penultimo capitolo, il ventitreesimo, con la grafia sporca di chi non teme più di essere letto:

"Quando sono scomparso, non è stata una fuga, è stata una decisione."

C'erano cose che non sarebbero mai entrate negli archivi ufficiali. La relazione promiscua tra il giudice spagnolo e le spie francesi. Il dossier che lasciai cadere alla Polizia Giudiziaria e che rimase chiuso in un cassetto che odorava di resina e abbandono. Le notti a Bruxelles con la più grande lobbista della Commissione — forse una spia agli ordini di qualcuno — dove il vino si mescolava con PDF di contratti segreti, ordini di trasferimento firmati con cognomi che non sono mai stati nomi e le lenzuola calde e sudate dell'ardore dei nostri corpi che compravano informazioni.

Il virus lento della verità, quello, continuava a propagarsi. Si scriveva su carta. Viaggiava in codici. Infettava cattedratici e giornalisti, che pensavano di scoprire il mondo quando stavano solo seguendo la scia del veleno.

24

Ultima Maschera
Scopello, 27 agosto 2025

Il caldo arrivava doppio, come se l'aria stessa respirasse peccato e incendio. Era il 27 agosto. Un cielo intero e limpido, senza nuvola né dubbio, appeso sopra l'azzurro turchese di un mare che sembrava sospeso da un dio stordito dalla bellezza. Arrivai a Scopello per la strada che si nasconde tra le rocce e i cespugli selvatici, con la macchina che gemeva piano, come chi presagisce la fine della traversata. La polvere si alzava in piccoli vortici, complici di un arrivo senza clamore.

La casa era aperta. Il cancello di legno rinsecchito cedeva con lo stesso suono che si sente aprendo un libro antico, di quelli che ancora conservano l'odore del tempo. E poi le finestre — tutte spalancate, come occhi che si sono stancati di aspettare ma ancora vigilano. Il silenzio lì dentro era un altro. Un silenzio caldo, umido e quasi animale.

La bottiglia di vino sul tavolo, aperta, sudata, riposava come se mi stesse aspettando da ore. Due bicchieri: uno mezzo pieno, che odorava di corpo; l'altro vuoto, senza traccia di labbra né segno di tocco. La tenda tremava con il vento tiepido che veniva dal mare. E nell'aria... nell'aria danzava un profumo. Un profumo che non era di adesso, ma che era rimasto sempre incastrato in me come l'alito caldo di una cicatrice aperta al sole.

Entrai come si entra in se stessi dopo un'assenza lunga e impronunciabile. Il pavimento era freddo, ma il caldo mi si incollava alla nuca. Passai la mano sul piano del tavolo, toccai il vetro del bicchiere e riconobbi il vino: Amarone della Valpolicella, il mio preferito. Sapeva del gusto della sua pelle ed era altrettanto inebriante. E allora seppi — seppi che lei era lì.

— "Hai chiuso male la porta."

La sua voce veniva dal retro. Secca. Con quell'ironia delicata che usava per mascherare la fragilità.

Mi voltai piano. E lei era lì. Con un foulard in testa, un vestito largo e scalza. I suoi piedi trascinavano sabbia. I suoi occhi erano consumati, ma non vinti. Mi sorrise con un angolo della bocca. Come chi già sa che la fine dell'attesa è inevitabile, anche se non desiderata.

— "Sei venuto. Sei tornato."

— "Sei stata tu a lasciare il vino."

— "Sono stata io a lasciare tutto."

E in quel tutto, c'era ciò che non abbiamo mai detto.

Si avvicinò piano, come se calpestasse promesse rotte. Le sue mani cercarono le mie senza cerimonie e senza esitazione. Mi toccò come se tornasse in un posto dove era già stata intera. E io, che non sono mai stato da inginocchiarmi, sentii le ginocchia tradirmi.

— "Sai cosa odio di più in te?" mormorò. "Quella cazzo di capacità di sparire come fossi una corrente d'aria."

— "Questa volta è stato diverso."

— "No. Questa volta sei tornato per restare."

Tacque. E appoggiò la fronte sul mio petto. E io tacqui anch'io, perché a volte il silenzio è l'unica lingua che sopravvive alle tragedie. Restammo lì. Due corpi disallineati che ricordavano come incastrarsi. Il caldo ci faceva sudare. Il sudore ci rendeva umani.

Il bacio non fu lento. Fu come un incendio su carta vecchia. Uno schiocco improvviso di necessità trattenute. La sua lingua sapeva di mare, di vino e di parole che non dovevano essere dette. La mia bocca si perse nei suoi angoli, come chi cerca rifugio in una città in rovina.

Ci siamo tolti i vestiti come se stessimo strappando contratti segreti. I pezzi cadevano a terra con il peso di tutte le volte che non ci siamo toccati. La sua pelle aveva la consistenza di un'intera estate conservata in una fotografia bruciata dal sole. Toccarla era come leggere un libro proibito con le dita e a occhi chiusi.

Abbiamo fatto l'amore piano. E poi veloce. E poi di nuovo piano. Come chi balla senza musica, ma sente il ritmo nelle vene. I nostri corpi dissero tutto ciò che le bocche non sapevano più articolare. Lei tremava. E io tremavo in lei. Ci fu un momento — quel momento — in cui il mondo intero si spense. Restava solo la luce tremolante del tramonto che attraversava le persiane e ci dipingeva di arancione e sangue. E noi due, sudati, incollati e assenti da tutto, ma presenti l'uno nell'altra come mai prima.

Lei mi afferrò per i capelli quando ci arrivò — all'estasi. Un gemito lungo, come una corda che si spezza dentro. E io venni subito dopo, mi vidi dentro di lei, con una dolce furia, una specie di piccola morte. Restammo così. A respirare forte. Con i cuori fuori equilibrio. Il mondo intero là fuori e noi dentro il nostro incendio.

Poi ci siamo addormentati. O abbiamo finto. Perché c'era qualcosa di più antico del sonno a tenerci stretti.

Ore dopo, con la luna che entrava dalle finestre senza tende, lei mormorò:

— "Questa è la tua ultima maschera?"

E io risposi, senza muovere un muscolo:

— "No. Questo sono io. Non ci sono più maschere."

Lei mi tirò contro il suo petto. E lì, tra le lenzuola sporche di vino e sale, io seppi. Io seppi che non c'era più niente da scrivere. Io seppi che il libro era finito. Io seppi che la verità aveva finalmente una casa e un corpo dove dormire.

FINE

Postfazione

Quello che si scrive con le budella non si lascia mai correggere dalle mani. Questo libro è iniziato nel punto in cui il corpo non sa più tacere. Non è stato pianificato, non è stato elegante, non è stato nemmeno scritto nel senso abituale della scrittura — è stato evacuato. Come chi vomita dentro di sé e poi raccoglie il vomito con cura, cercando di capire cosa lì sia stato digerito male.

Ci sono libri che nascono dalla letteratura, sì. Questo no. Questo è venuto dalla fessura. Da quella zona umida e oscura tra la paura e il disgusto. Dalla rabbia indigesta che non si risolve con l'analisi né si placa con il perdono.

Ultima Maschera non è un romanzo e nemmeno un thriller, è un organismo. Un corpo che pulsa, un cadavere che si muove nel buio, un dente strappato che ancora sanguina. Quello che c'è qui non è una metafora — è pus, è fumo, è una forma illegittima d'amore.

Se volete chiamarla denuncia, chiamatela così. Ma non chiedetemi prove. La prova è la stanchezza. La prova è la memoria che insiste, che mastica, che rigurgita.

Il libro non vuole convincere nessuno — vuole vendicarsi. Vuole dare un nome a ciò che è rimasto sepolto sotto decisioni giudiziarie, rapporti archiviati e sorrisi addestrati. Vuole essere il luogo dove si dice senza manette, dove si accusa senza divisa e dove si ama senza permesso.

Attraverso queste pagine — forse come chi lancia lettere d'amore da una nave affondata — ho celebrato chi è rimasto. Chi è rimasto quando tutti sono partiti. Chi ha ascoltato ciò che io non sapevo dire. Chi mi ha salvato dalla mia stessa farsa. Le amicizie antiche, la forza cruda della lealtà e la brutalità dell'affetto. Le donne che mi hanno tollerato, gli uomini che mi hanno insegnato e i nemici che mi hanno formato.

Questo libro è per loro.

Ma anche per gli altri — quelli che fingono di non vedere, che non sanno e che non vogliono averci niente a che fare.

Anche per quei figli di puttana.

Quando ho iniziato a indossare il nome Leilac — ed è proprio così, indossare, come se una pelle non bastasse più — avevo ventitré anni e nessuna illusione di innocenza. Il mondo era un campo minato e io, un bastardo ostinato, lo attraversavo con le scarpe di chi non ha mai avuto scelta. Non avevo ancora letto sentenze né perso amici tra commi e clausole. Non conoscevo ancora l'odore dell'umiliazione in tribunale. Ma già sapevo che la sopravvivenza richiede di fingere. Che solo chi mente un po' può dire tutta la verità.

Il tempo mi ha insegnato il resto. Il tempo e i nomi rimasti nella gola del mondo. Ernest Backes, Denis Robert e Carlo Calvi. Nomi che si scrivono con le viscere. Nomi che denunciano senza appello. Gente che ha sanguinato tra le righe e che ha sventrato il sistema con la parola come arma. Gente che è arrivata anche lei alla sua ultima maschera.

Carlo, figlio del "Banchiere di Dio", è stato il primo che mi ha fatto capire che la giustizia non è mai automatica. Si conquista. Si suda. E, a volte, si perde. Suo padre, Roberto Calvi, è stato trovato impiccato al Blackfriars Bridge — nome ironico per una fine costruita. Due inchieste inglesi dissero che non c'era crimine. Ma c'era. Più tardi, gli hanno dissotterrato le ossa e la verità gli è esplosa in faccia: era stato strangolato e appeso. Una punizione esemplare. Una messinscena di potere.

Questo libro, quindi, è anche questo: un memoriale di guerra. Un regolamento di conti con il tempo. Uno spazio di omaggio a chi ha osato denunciare la Cedel, a quelli che hanno esposto le viscere del sistema finanziario europeo. A chi ha saputo che ci sono cadaveri che si nascondono nelle offshore e sentenze che vengono negoziate come azioni in borsa.

Se sono arrivato alla mia ultima maschera, non è stato per volontà. È stato per sfinimento.

Non ci sono più maschere da indossare, solo questa pelle deformata dalle parole.

Non voglio più fingere che sia letteratura. Questo è sempre stato combattimento.

Grazie per avermi letto.

Grazie per aver resistito alla traversata.

— Leilac Leamas

Se questo libro ti è piaciuto, forse ti piaceranno anche "Ritorna (o scrivi)", "Gioco di Cuori", "Il Labirinto dello Scrittore", "Pawn's Gambit" e "Devil's Puzzle". Anche se questo è un seguito, i sei libri possono essere letti indipendentemente. I cinque libri precedenti preparano il palco per questo finale, introducendo i personaggi e l'universo avvincente in cui abitano.

Ogni libro offre un'esperienza unica e coinvolgente, quindi, che tu inizi dal primo, secondo, terzo, quarto, quinto o da questo, stai per intraprendere un viaggio emozionante, pieno di profondità, mistero e molto amore.

Esplora queste storie interconnesse e scopri come ogni pezzo, sia dello scacchiere, sia del puzzle, sia del labirinto, sia dei giochi di carte, sia delle lettere d'amore, si incastra in questo finale, indipendentemente da dove scegli di cominciare.

Indice

FSC
www.fsc.org
MIX
Papier | Fördert
gute Waldnutzung
FSC® C083411

Zeitfracht Medien GmbH
Ferdinand-Jühlke-Straße 7
99095 Erfurt, Deutschland
produktsicherheit@kolibri360.de